张洁文集 ❻

长篇小说

知在

人民文学出版社

目 录

第一章 …………………………………………… 001
第二章 …………………………………………… 025
第三章 …………………………………………… 042
第四章 …………………………………………… 077
第五章 …………………………………………… 110
第六章 …………………………………………… 125
尾声 ……………………………………………… 156

附录
答《收获》钟红明女士 …………………………… 171
答《南方日报》陈黎女士 ………………………… 176
答胡殷红女士 …………………………………… 182
答赵明宇女士 …………………………………… 185

第 一 章

一

叶楷文绝对是让癞皮狗咬上了。

被癞皮狗咬上是什么感觉？

虽然不会像被藏獒或牧羊犬咬上那样，一口就能让你命赴黄泉，可让癞皮狗咬上，难道就能好到哪儿去？

那是漫无止境的持久战。不管你愿意不愿意，持久战的最后结果，败走麦城的绝对是你，而不是那只癞皮狗。你不得不怀疑，它们是不是全读透了毛泽东先生的《论持久战》，并深得其髓？

又像与女人分手。理由不太充分，自己优柔寡断，而对方又没置你于死地，逼得你不得不上梁山，想要一刀两断的恋情反倒拖泥带水，纠缠不清。于是那段已然变味儿的恋情，就不只是寡淡，而是变馊、发霉，直至长出白毛。可最后做你老婆的恰恰是她，而不是你爱得要死要活的那个女人。

狗和狗是不一样的，女人和女人也是不一样的。

事情常常就是这个样子，你越是腻烦的东西，偏偏越是与你纠缠不休。"腻烦"这个词儿就是这么来的,如果触摸触摸它,就会感到它的确有一种黏稠的质感。

说不定自此以后,叶楷文会研究研究这个其貌不扬的词儿在人们生活中的深远影响。

这次回程,并没有频繁转机,而是直接从北京飞回纽约,可是叶楷文三次把这张屁画忘在了一切可以忘记的地方。

在北京机场 check-in 的时候,这幅画被他忘在了 check-in 的台子上。美国航空公司的航空小姐,很快就在候机厅里找到他,然后是完璧归赵,还给了他一个很有文化内容的微笑。现在是个人都自以为对中国文化有所了解,并以此为荣。如果叶楷文当时没有如此不敬地胡思乱想,很可能会找个理由撒个谎,说那张屁画不是他的。

第二次,他把这张屁画忘在了入关处,还没等他转向提取行李的路口,那位海关先生就叫住了他。就像画里卷着恐怖分子的定时炸弹,声色俱厉。

最后,忘在了提取行李的行李车上。这不,机场的工作人员又给他送回来了。

有时他觉得美国人过于负责,你若想丢弃一件什么东西,怎么丢也丢弃不了。有一次从纽约去欧洲,天气突然转暖,而他还穿着一件羽绒夹克,于是就把那件羽绒夹克一再忘在候机厅的椅子上。说"一再",是因为那些非常具有责任心的工作人员,总是不断提醒他忘记了自己的夹克。

这次大概是那位守在行李车旁的黑人老头儿多事。租用行李车的时候,没有三块零钱,只好在自动收款机里放进五块纸币,等着找钱那一会儿,让黑人老头儿记住了他。尽管无数中国人定居美国,毕竟一个黄面孔与一个白面孔相比起来,还是非同寻常。

所以,当人们发现行李车上的画卷时,黑人老头儿很容易想到他可能就是失主,加上正事不顶劲,办起杂事却游刃有余的FBI,找到这幅画的失主并不难。

如此这般解释被这张屁画缠上的缘由,未尝不可。

其实有些事情没有理由,而是非如此不可。

叶楷文没那么混账,也不是对这张屁画嫌弃到非丢弃不可的程度,而是没有拿它当回事儿。但从无论如何也将它丢弃不了的迹象看来,他就是不想拿它当回事儿也不行了。

"对不起,盒子有些破损,不知道原来就是这个样子,还是我们保存得不够好。"机场的工作人员一边嚼着口香糖一边说。他年轻的脸,整个儿就是一盘阳光照耀下的向日葵。

是道歉还是开脱?即便保管不善、盒子破损,又怎样?叶楷文根本就不介意,也不会和航空公司计较什么。

无意之间一抬头,叶楷文的心一动,方才还是明晃晃的一盘向日葵,眨眼之间竟变成了深秋的一轮残荷,怎么看,怎么像是送他这张屁画的那位老先生。叶楷文摇了摇脑袋,想,自己大概花了眼,明明一个年纪轻轻的白人,怎么会变成北京的那位老先生?

叶楷文独身一人,无牵无挂地活了几十年。这种生活让他得以从诸多纠缠中解脱,为此他还小有得意,尤其在看到周围的人,被许多纠缠烦恼不已的时候。可这件不大不小的事让他感到了,摆脱什么,并不十分容易,除非脱离这个人际社会。可是作为一个人,谁又能摆脱这个人际社会?

定睛再看,又的的确确是那个给他送画的、年纪轻轻的白人。唉,不是自己眼花又是什么!

"没有关系,不是什么重要的东西。"叶楷文语调有些游移、神色有点恍惚地说。在肯定自己眼花之后,叶楷文的两道目光,仍然满腹狐疑地在对方脸上扫来扫去。

刚才还在想,"其实有些事情没有理由,而是非如此不可",这会儿看来过于武断,就老先生那张突然重现的脸来说,哪里是没有理由?

不过,那张脸的确是重现,而不是他花了眼?叶楷文不能肯定。一贯遇事不惊,不大喜欢与"过心"这种字眼儿挂钩的叶楷文,不但优柔寡断起来,竟还有了一些挂心的感觉。

二

叶楷文很快就会知道,"没有关系,不是什么重要的东西"的说法,大错特错。

三

说起来,这幅画来得有点怪。

如今叶楷文有了钱,而且循规蹈矩,来路干净,与早年那些同窗费尽心力赚的钱相比,真可以说是心安理得。

有钱之后,就想在北京买个四合院。父母已经进入老年,自己长年不在他们身边,难尽孝道,如果能为他们安度晚年创造一点条件也好。

除了供父母安度晚年,叶楷文还有个打算,开办一所私人博物馆,也算没有白白辜负自己多年的收藏。

如今在北京买个有气势的四合院极其不易,且价格昂贵,好在他如今有了这个经济能力。

终于在后海看中一处,典型的清代四梁八柱、砖木结构,特别是门楼上的镂空砖雕,极其精美。庭院里花草繁茂,绿树成荫,竟还有两棵玉兰、一棵海棠。

那是几进院的大宅子,每进院都有东西厢房,中院上房为九楹,何等的气派、敞亮。虽比不得乾隆宠臣和珅府邸一路十三进的壮观,可这样的规模在京城怕也难找了,办个私人博物馆足矣,风格、韵味与他的收藏很是相称。

再说一路十三进的府邸即便有,能卖给私人吗?人们终于认识到保护文化遗产的意义,算是"亡羊而补牢,未为迟也"。

所有手续都已办齐,只有跨院儿一间小偏房里住着的那位九十多岁的老人不肯搬离,再高的搬迁费对他也毫无诱惑。

按老人的说法,他没有多少日子了,不想搬动。

叶楷文与老人见了面。清雅的面庞,高高的颧骨,深凹的眼窝——他不想说就像一具风干尸——无一不在传递着远年的、与现而今的人间毫无关联也不肯苟同的过去。

孱弱的身坯,如一只即将沉没的破帆船,颤颤巍巍,从未有过平定的瞬间。说起话来,气息之微弱,声音之飘游,几乎难以送达与之对面交谈的人。

这还算是一个有血有肉的躯体吗?

诚如老人所说,他的确没有太多日子了,是人都能看出这一点。

叶楷文并不介意有没有人死在这个宅子里,追究起来,哪一处老房子里没有死过人?说不定还是凶死。

何况他对老人印象非常好。说不上是妄下结论,谁能马上给初次见面的人下结论,说他好还是不好?单说这样一张没有目的的脸,现在已不多见。也只能说这是一张没有目的的脸,有没有别的,他怎么知道?

而叶楷文本人,或是他的父母,一时又搬不进来。

院子虽好,却破败得一塌糊涂。这就是中国建筑的遗憾,通通都是砖木结构。砖木结构建筑的寿命能有二百年就算不错,像故宫那样的建筑,能够苟延残喘到如今,也是不断维修的结果。

如果不进行大修、特修,以及安装现代生活所需要的上下水道、供电供暖设施,是无法进入现代文明生活的。这些事情办下来,怎么也得一年……于是他对老人说:"别担心,您就住这儿吧,想住多久就住多久。"

真的,喜欢诗词的父亲没准儿还有了一位谈话对象呢。紧接着他又哂然一笑——他怎么就能断定此人可以谈诗论画呢?

老人也不说谢,理所当然地接受了他的好意,只是在叶楷文又来院子勘察时,请他进了那间偏房。

房子里有一股怪味,叶楷文不由得抽了抽鼻子。可这种怪味又不仅仅是气味,游移、腐旧、戒备、猜忌……说不上来。至于摆设,简陋而又简陋,与这个仪态万方的院子以及老人的儒雅风度极不搭调。

老人开门见山:"我也没有什么好多说的,也不是为了感谢你对我的关照,而是觉得你就是那位我该托付的人。"

于是反身,从同样摇摇晃晃的木桌上,慢条斯理地拿起一个画筒,又从画筒里抽出这卷丢了三次也没丢掉的屁画。

以叶楷文见过、经手过的画来说,这画的出身不但谈不到名贵,简直就不值得过眼。

对于古董、书法、绘画的感觉,叶楷文如今是得天独厚。

说的是"如今"。

想当初他与古董、绘画,毫无牵连、一窍不通,也绝对不会答应一个不知底细的老头子在自己的房产里住下来,谁知道他的日子是不是真不多了!

他不似鉴定行里的那些人,强记硬背历代著名书画家的姓名、字、号、别号、印章特点;无时不在揣摩如何识别印章——大篆、小篆、鸟篆、金文篆刻,还有纸、绢、墨、裱不同年代的特质……其实,从题、跋、序、印记这些细节里,往往就能找到伪作的蛛丝马迹,比方那些有意模糊的印章。还有更为拙劣的伪作,有幅所谓郑板桥的竹、字,一幅中楷六尺条幅,上面居然有几百个字,首先风格就不对……这样的赝品,还用得着费心思去评断吗?

再说这些细节,如今都能通过技术手段解决,何必用那个死劲!

最简便的办法,就是用软X光测试一下。软X光光波较长,穿透力较弱,中国字画上又常有印章,印泥中含有的金属汞,在软X射线下便会显现,那些年代久远、在目测中销声匿迹的印章,便将无处遁形。从那些重现的印章中,自然可以得知有关画作真伪的信息以及它的若干历史……

鉴定水准的高低,其实决定于鉴定者本人的素质。除了需要具备一定的经验,关键是把握艺术品的神采,这才是鉴定的最高境界。

假画固然可造,但绝无意境,不必多费手段,着眼便知分晓。这种精神上的分野,是过于功利的现代人越来越无法跨越的高度。

也就是说,一个好鉴赏家应该是一个好艺术家。

而做一个好艺术家容易吗?

叶楷文不能说自己是一个好艺术家。他只能说,不知什么缘由,突然之间,自己就具备了这种辨别真伪、优劣的直觉和禀赋。

这种突如其来的直觉、禀赋,有时让叶楷文相当不安。从他的经验来说,世界上没有免费的午餐,总有一天,他得为这种突如其来的"便宜"付出代价。

什么代价?无从得知。叶楷文甚至觉得自己已经付出了代价。

比如他突然就不能做爱了。好不容易有个谈婚论嫁的女人,就因为他的床上功夫突然消失,一脚把他踹下了床。

现在的女人,对待性、金钱、房产、地位等等,但凡一切可以用戥子称量的东西,绝不含糊。绝对不会为抽象的爱情,不要说付出,哪怕是少收一丝一毫也不可能。

他极不情愿地凑过去,敷衍了事地赞了几句。

老人说道:"我知道你不待见这幅画,谁也不待见。正是因为谁也不待见,倒是它的运气了。要是谁都待见,它的下场早不是这样了。画给你了,分文不取,只有一个条件……"

叶楷文不免好笑,想,这样一张屁画,居然还好意思谈钱!

老人接着说:"我知道你想什么。风物长宜放眼量,到时候你就知道厉害了。只是有一个条件,无论什么时候,你都不能丢了它。不是为了我,也不是为了你。为什么?到时候你就明白了。"

神乎其神得"狠"。这样一张屁画,值得如此郑重其事、大惊小怪?

他似笑非笑地接下这幅画。心想,人一上了岁数就有点儿失准,自己老了的时候可别这样。

四

机场送货的工作人员走后,叶楷文随手就把画筒扔在了墙角。

力气用得大了一点,这一扔,本就残破的画筒开裂了,画卷从画筒里掉了出来。

比起在北京看到它的时候,这张屁画似乎又残旧了许多,而且有了水渍,不知是否曾被雨淋,或是有人不小心将饮料打翻在上。

于是画面一角翘了起来。怎么,下面似乎还有东西……过去看看仔细,原来下面还有一张画。

这当然不是什么新鲜事儿,古人也好,倒腾书画的商人也好,经常如是。只是不知道为什么,方见冰山一角,叶楷文后背的汗毛霎时就竖了起来。

就像谁将一把寒气逼人、凌厉无比的刀架在了他的后颈上,可又不急于切下,只将锋利的刀刃在他后颈上游来游去。那刀刃似乎在深深地呼吸着他的肌肤、血液的气息,并在这呼吸中辨识着什么。

又像一位他追逐已久的美人,此时却变作厉鬼,在缭绕的云雾中忽隐忽现、似见非见。而事实上,他生命中从未有过这样一个女人。

明明面对的是一幅画卷,和女人有什么关系?——怪不怪,他那突然间失去了的对女人的感觉,似乎又突然间回来了……

五

其实叶楷文涉"性"甚早。

也曾向若干女同学许下天长地久、海枯石烂的诺言,最后却都未修成正果。不是他背叛了诺言,即便他履行自己的诺言,她们也不肯嫁他了——毕竟当时青春年少,不知深浅。

叶楷文既没考上大学,也没走上仕途,更没找到赚大钱的门路,最后又与太监无异,哪个女人嫁给他,不是自找苦吃又是什么!

不提太监那档子事儿。自龟兹串联回来,比起从前那个动辄宣讲唯物主义的他,简直判若两人。

又像占卜人那样,经常着三不着两地预言些什么,比方说五塔寺的哪块石头缝底下有个小乌龟,活的。同学们果然就在那里挖出个小乌龟,活的。

也有不灵验的时候。比方那次说梦见了某某,并且情绪低沉——因为他说梦见谁,谁便不久于人世。可结果呢,那位某某不但没死,活得还挺滋润……

从前叶楷文可没有这么神怪。

起初同学们都以为他是穷开心,因为他从来说话没正经,喜欢正话反说,所谓的"冷幽默"。

长此以往,大家就发现不是那么回事,叶楷文可能真出了毛病。

"文化大革命"的气数,终有一天如风流逝,如云散去。一旦恢复高考,同学们立即与革命"拜拜",掘地三尺,八方搜寻当年丢弃烧毁的那些书本,纷纷追求曾经鄙夷的功名去了。

叶楷文呢,一直没有正经的工作,有时摆个小摊儿倒买倒卖服装,有时给什么单位打打杂、看看大门……别看没钱,有次喝醉,竟用几张大钞点了香烟。

等到来了钱,十块钱都别想从他那里抠出来。一个哥们儿得了癌症,最后不治身亡,留下妻小,连发丧的钱都凑不齐,还是同学们凑的。找他出把力,曾经慷慨的他不但不肯,还说:"我还想留着钱买啤酒呢……哼,等我死的那一天,还不知道有没有人给我凑钱发丧呢!"

对自己的"曾经",他也充满了怀疑——

那是他记下的笔记吗,跟模范青年似的?

曾经作为"青春祭"而保留的女人情书,如今看起来,就像网上那些小男女的帖子,那样的"文艺",那样的酸文假醋。然后,毫不犹豫地将那些"文物"——笔记本、纪念册、毕业留言簿、女人的情书等等,付之一炬。

有个红卫兵战友,向人谈起当年他们这个组织为何命名"红卫兵"的往事,说:"就是保卫毛主席的红色卫兵。"

曾经比谁革命都彻底的叶楷文插科打诨说:"毛主席用得着咱们保卫吗?逗咱们玩儿呢吧,指不定他老人家在中南海里,如何掩嘴胡卢而笑呢!"

…………

对自己这些本质性的变化,叶楷文并非无动于衷,也曾想了又想,可就是想不出眉目。如果非要牵强附会,也许和那次在龟兹的经历有关。

为此叶楷文找寻了不少资料。

有一种理论说,人的大脑分左右两个部分,各司其职:左半部负责人类在语言、数字、概念、分析、逻辑等方面的职能,右半部负责人类在音乐、绘画、空间感、节奏感以及想象力、综合力等方面的职能。

一九九八年,加州大学旧金山分校的米勒教授,对几位患有老年痴呆症的病人进行了观察,发现他们在病情逐渐恶化的过程中,却凸现出前所未有的艺术才能,比如创作出动听的乐曲,绘画出不可等闲视之的画作等等。经"单光子发射断层扫描",这些患者的病灶主要都在左脑。

难道说在龟兹遭遇的那次风暴中,他的左脑受到了伤害?

很有可能。

正是在那次遭遇后,叶楷文才对书法、绘画、古董有了分毫不差的直觉。

不过这些理论也是众说纷纭,尚无定论。具体到他个人,更没有什么可靠的依据,只是他的猜测而已。

当年红卫兵革命大串联,除了八竿子打不着的革命理由,对叶楷文来说,最实惠的收益是对大江南北进行了一次又一次的免费旅游。

甘肃、宁夏自然免不了一行——特别是那些"西出阳关无故人""天高云淡,望断南飞雁"的诗句,简直就像如今那些旅游公司的广告,甚至比广告还煽情。

不知道在解放军里担任高职的父亲从哪儿来的雅兴,喜欢唐诗宋词。

"文化大革命"期间,革命的叶楷文曾打算将父亲的藏书烧掉。可是父亲说:"知道不知道,工、农、兵是无产阶级专政的基石?你敢冲击无产阶级专政的基石?"

比起老资格的父亲,叶楷文还是太嫩。面对振振有词的革命前辈,革命后生只能无以应。傻眼的结果是父亲保住了那些书,使叶楷文在"文化大革命"的尾声阶段不至于无所事事,可以终日躺在院子里的葡萄架下,享用这等口味上乘的精神食粮。

从叶楷文龟兹之行的结果来看,他究竟是受益于还是受损于这些食粮,可就说不准了。如果叶楷文不到龟兹去,一切又会怎样?

也许是青春的躁动;

也许因为龟兹这个名字,让他联想到一个男人伟岸的生殖器;

也许从父亲的哪本书里看到,人类历史上影响最深、最悠久的文化体系,当属中国古文化以及古印度、古埃及、古希腊文化,中国的敦煌和新疆,正是这四种文化体系的交会之地,而这交会恰恰在龟兹撞出火花……

叶楷文决定到龟兹去。

很不幸,命运有时恰恰掌握在"心血来潮"的手心儿里。

那就是沙漠?

它与人们的传言如此遥远。

看来人类不但会给自己的同类以诽谤、污蔑,也会给自然以诽谤、污蔑。

不管人类如何嫌恶、诽谤、污蔑它,沙漠却以它倨傲的存在,让人类莫可奈何。

那就是沙漠?

不,那是抖动的丝绸,于瞬间凝固;

是汹涌的思潮,却突然关闸,欲言又止地令人颇费猜测;

是壮阔奔腾的河流戛然而止,而它活力四射的喧嚣也随之定格,一条河流便断然地悬挂在定格的喧嚣上,于是那喧嚣,竟比万仞高山还沉重了。

……………

但却不是从此归于沉寂——

那是收缩,为了能量更大的爆发;

那是面对连轻蔑也不值一抛的凡尘闭起的双目;

至于大漠孤烟,无非是拒绝人类接近某个秘密通道的障眼……

一具又一具或人或兽的白骨,于上无飞鸟、下无走兽的茫茫无际中,间或突兀地从沙丘内拱出,如重金属摇滚乐的响锤,令人猝不及防、震耳欲聋地敲向沙漠的胸膛,而后,这猝不及防的敲击又毫无痕迹地遁去,将叶楷文重新弃于没着没落的荒寂之中。

荒漠中有一种不动声色的恐怖。能描述的恐怖,算不得真正的恐怖;而不动声色的恐怖,才是让人逃遁无门、无术的恐怖。

而凡此种种,并没有让叶楷文失去与沙漠相亲相近的胆识,有的反倒是倾倒、迷恋。

风暴说起就起来了,没有一丝征兆。方才还是艳阳高照,转眼就天昏地暗,真可谓凭空风起。

哪里是风卷黄沙?分明是天地造就而成的这口大锅里的黄沙开了锅。

所到之处,一笔带过,天地万物,无不一荡而尽,真该套上《红楼梦》里的那句话——落了片"黄漫漫"大地真干净。

分不出是风暴的呼啸还是沙漠的沸腾,或者不如说是上帝与沙漠惺惺惜惺惺的狂欢。总之,那动静是惊天地、泣鬼神。

没人敢拿自己的生命开玩笑。同伴们迅速撤离,叶楷文却趁乱留了下来。他仰首观天,屈身跪地,独享这番天与地的狂欢。人生难得遭此际遇,幸哉,幸哉!

忽有一座宫殿在沙漠中显现,影影绰绰,若隐若现,似曾相识。叶楷文亦步亦趋,追随着它的踪影,转眼之间它又隐匿在风暴之中,正所谓"绝尘而去"。叶楷文感到了莫名的、揪心的痛惜,好像错过了几生几世难得相见的旧时相识。

这宫殿到底与他何干?他动的又是哪门子情思?

风暴不过轻轻一扫,叶楷文便像一根羽毛那样被轻轻托起,在空中无定地飘来飘去。

该不是飞往仙境?叶楷文正在异想天开,风暴的翅膀又猛然下沉,将他重重地撂倒在沙漠上。

他感到了沙漠在身体下的涌动——摆度极大,似一个挣扎的巨口,准备喊出无尽的、淹没已久、人所不知的秘密。

继而风暴又俯冲下来,将叶楷文的身躯紧裹,除了年轻时与女人做爱,再也找不到可与之相比的力度了。那时他像钳子般地将女人紧扣,以至彼此的骨头都在这把钳子下咔咔作响。

于是,叶楷文就像被风暴裹挟的沙粒,不能自已地翻飞、狂舞……不知飞旋了多久,最后又被抛在不知所以的地方。

接着就是天摇地动。伴着天崩地裂的巨响,似有一只巨大的火车头向他驶来——像是早有预谋,并不急迫,稳扎稳打,步步逼近。

车顶还有一只至少若干千瓦以上的探照灯,直刺叶楷文的双目。顿时,他什么也看不见、听不见了……

车头终于驶近他的身子,瞬间将他吞没。

"完了!"叶楷文想。

他死了。

他的三魂六魄,飘飘摇摇,飞出三界,飘出五行。

俯视人寰,竟看到自己卑俗的躯壳,在风暴中徒劳地挣扎……接着,他又看到一个男人。

那男人是谁?父亲还是祖父?很像他的某位先人,不过也许就是他自己,否则他何以揪心如此?即便他的三魂六魄早已飞出三界、飘出五行,这揪心的疼痛仍旧让他疼痛难当;又如无声的符咒或呼唤,方才"绝尘而去"的宫殿即刻显现,与宫殿同时出现的还有一个女人。

这女人他是如此熟悉,熟悉到不论天涯何处,不论时光流逝得多么久远,叶楷文都能分辨出她的体味。那是一种奇异的花香,那种花朵,必得在一个男人和一个女人鲜血的混合浇灌下才能盛开,而且像昙花一样转瞬败落。

世人也许无缘见到这种花朵,但叶楷文肯定,那花朵的存在绝对不是自己的臆想。比如……比如什么?

那男人——不过也许是叶楷文自己,与那女人远远地相对而立。听不清他们的对话——似有怨不得解,"剪不断,理还乱";又似诀别在即,"语已多,情未了"……该不是哪出戏剧、电影里的情景?淡漠而又真切,如临其境而又荒诞不经。

有人说:人在将死的瞬间,会历历在目地回忆起自己的一生。难道这就是他对自己一生的回顾?他何曾有过这样的经历?

不,这显然不是他的经历。

还有一种关于生命的说法:即便一个人的大脑已经死亡,但某些细胞还活着,而那些活着的细胞,仍能接受外界的信息。

这些场景既然不是自己一生的回顾,就应该是他仍然活着的细胞所接受的外界信息。

不过,这又是何时、何地、何人的信息?

正当叶楷文绞尽脑汁,想对眼前的情景探个究竟的时候,他的眼睛突然像是变成一台二十五万倍的电子内视镜。只见自己体内一组双螺旋状的基因链条慢慢涌动起来,链条中的几个分子,很不安分、探头探脑地从序列中溜了出来,就像有些人平日里排队加塞儿那样,想要越过其他分子,挤向另一处去。但是它们没有得逞,只好讪讪地回到原先的序列中。

作为这一组双螺旋状链条的主人,叶楷文却尝到了这几个分子加塞儿未遂的后果,最直接的收获是肉体的强震。

在这强震之后,裹挟着他在空中翻飞、狂舞的风暴突然撤离,叶楷文再次被甩在了沙堆上。

睁眼一看,龟兹不知何处去,他已飞出十万八千里。

本是确凿无疑的死亡,就这样擦着他的鼻子转身而去,他不知道自己为什么如此幸运。

低头看了看手表,整个过程大约一个小时。叶楷文的感觉却是"山中方七日,世上已千年"。

六

据说基因是生命的本质,是决定生命体的一切。

此后叶楷文像变了一个人,曾经那么明朗的生命重点消失了,他变得模糊不定,像是雨雾天气中的一道远景。似乎不在于此,又在于此,不但让人拿不定主意下不了判断,也让他自己拿不定主意下不了判断。

如果说龟兹的经历是一场幻觉,可又确确实实留下了痕迹。

初始,叶楷文只是厌恶女人的乳房。

偶尔乘公交、地铁,就会买张报纸,不是为了阅读,而是为了挡住自己的脸。不是因为自己的脸有什么见不得人的地方,而是为了与他人的脸隔绝——那些陌生的脸,总是让他劳心。

记得一次乘地铁,到站了,车身晃动一下,有人撞了他的胳膊,报纸从他脸前移开了。在他重新把报纸挡在脸上之前,刚上车的一个女人和一个随之而来的男人进入了他的视线。女人已然不嫩,却着一件没有吊带的低胸衫,相当袒露,双肘却又似挡非挡地抱在胸前,最后落座在两个男人之间。

女人左边那位毫无反应,一副司空见惯的模样。

右边那位,稳坐如钟、目不斜视、礼义廉耻,而一只手的"魂魄",却偷偷摸摸从他的裤袋爬出,爬向女人,游蛇一般爬上女人的胸脯,钻入女人双乳中间的凹处,在那里恣意游走……

叶楷文不免笑出声来。手的"魂魄"一惊,忙游了回去,迅速回到男人的裤袋,正儿八经起来。

后来演变到厌恶女人的肚脐眼儿。

其实有些肚脐眼儿非常可疑,一看就是吃红烧肉长大的。而一只"两张"的肚脐眼儿和直奔"五张"的肚脐眼儿,绝对不可同日而语。可如今,这种不知今夕何夕、直奔"五张"的女人却也遍地开花。怪不得得有个消费者协会!对有些肚脐眼儿,消费者协会怕是也得进行一番整治。

慢慢地知道,他对女人是一点兴趣也没有了。却还不甘,直到与女人同床共枕,屡战屡败,才明白自己成了"太监"。

七

以叶楷文的技术来说,揭开这幅画作上的"掩体"并不很难。为避免任何水质中可能含有的酸碱腐蚀,他先用蒸馏水润湿纸面,然后手工揭下。不很容易,但也不是很难。

揭开之后,他发现"掩体"下面不过是半幅横卷。

是的,当然是长卷,他断定。

如果为了藏匿,如果真怀有什么动机,那些无价可询的画卷,通常会分为两个部分,绝对不会整卷地出现在同一人手中,或同一地点、同一时间内。

从这半幅画的长度估算,整幅画卷长约六尺。

从纸张的质地看,应为晋代所有。它不折不扣地具备了晋纸的特征:麻料,横纹,质松且厚,想来该是北纸。张幅较小,因是长卷,所用纸张颇多。

展开卷轴,大段空白后,有朱印若干。

几枚朱印,也零落在画卷的各个角落。可以肯定,画卷不曾被很多人收藏,不过仅从几枚印章来看,还是流传有序。

比如南宋贾似道的葫芦印,钤有二三,甚至还有一方盖在画面中央,可见占有欲之大,事隔数百年,那方印章却还冒着一股挥之不去的俗味儿。

继而又见太平公主、著名才女上官婉儿,还有吴三桂的印章……却没见到这些收藏者的题记。

除了贾似道、吴三桂,其他收藏者与这幅画卷的关系都似有难言之隐——明明入肉入骨地喜爱,却又躲躲藏藏,不便直截了当地确定与这幅画卷的从属关系。

后来的后来,直到最后那个夜晚,回头看过来才想起,这些收藏者大多传奇一生、坎坷一生,没一个有好下场。至于他自己,还不是该着!

随后才是画卷真迹。

真迹后亦无名家鉴定、落款,更无作者的跋与印章。这些得以鉴定书画的依据,可以说是一概全无。

继而想起,唐、五代至宋,题款并不普遍,更不要说之前各代,即便有所题款也是小款,寥寥数字而已,自南宋中期至元,题款才普遍起来。照此推算,这幅画卷的年代该是更为久远,无有题款该是顺理成章。

既然从纸张质地看来应为晋代所有,而晋代还没有印章一说,那么作者大部分该使用落款名,并常常落在不大容易看到之处。

于是叶楷文便在边边角角那些看来像是树根、山石缝的线条中反复寻找,竟是一无所获。叶楷文之所以苦苦寻找题跋、落款名,是因为多少能从其中看出作者的年龄、籍贯,创作的时间、地点,以及为何人所作……

更未寻到作者的闲章,所称"引首"或"压脚"是也。那虽是方寸之地,却常常浓缩着作者的意念或心绪。

从这半幅画卷上,对这位画作者,叶楷文是无从了解一二了。当然,也许,落款名和跋都在后半幅画卷上。

晋代,当然是晋代。叶楷文又想。

看得出,作画人人品极高,尽管是半卷,已让叶楷文一惊三叹。

大手笔,真是大手笔!

所谓大手笔,倒不见得是篇幅宏大,或场景阔大繁复,而是说它的内涵,可以说一眼难尽其穷。

不过,叶楷文还有一惊——

如若沉吟一番,便见弦外之音、画外之意。虽然苏轼曾说"出新意于法度之中,寄妙理于豪放之外",然"法度""豪放"毕竟可及,而这幅画的弦外之音、画外之意,却是无法定义。

可以说是一卷《侍奉图》,下棋、饮酒、歌舞升平,诸如此类……细看却又不是,里面似乎包含多少玄虚……

叶楷文过眼的画不算少了,像这样模棱两可,不知如何解释、定位的画卷,真还是头一次见到。

通篇采用意笔,只求神似,不求哪怕丝毫逼真,这正是晋代工笔画的特点。不过这一幅可算不上工笔写意,而是单纯的写意。

用墨甚少,仅用线条制造虚实,空灵、简约、自由、纵情、恣意……颇有顾恺之的白描韵味,绝对地说明了国人在极端的自我限制下,于黑白点染中,于有意无意中,构筑了永恒的黑白之美。

说到西洋画的现代派,不论如何抽象,也抽象不过中国画的线条,不但捉摸不定,着墨也无定局,全看作画人心境。说得玄乎一些,恐怕更要看各人的造化,可又不是"天才"那一说……

每条线描,肥瘦相宜,明暗成趣,轻重有致。似有亦无似无亦有,似完成又似未完成,说它无形、无状、无象,却又有形、有状、有象。

重重复叠叠,如碧水之遥迢,如苍云之聚散;云空鹤影,渺无踪迹;云沉雨散,往事故人;是耶非耶,随人所想,随人所思。

远看一种解释,近看又是一种解释,这解释与那解释,又如此的风马牛不相及。

似一个等待,等待未来的延续;又似一个挑战,挑战超越……

哇呀呀,此画真是若有神助!

比起这半幅画卷,自己以前所得,都是鸡零狗碎。

横看竖看,不知不觉已是天明时分,却仍然不能断定是晋代哪位画家之作。

这样一幅好画,一分为二的真正原因是什么?

另外半卷,又在哪里?它的命运是吉是凶?……

看来看去,又不免心生惶然。

得到这半幅画卷,说是天幸绝不为过,可又何尝不是天数?一般说来,遭遇一个大幸运之后,随之而来的必定是非同寻常的起伏,不是今天就是明天,早晚而已,绝对不会放空。而这起伏又与他何干……

叶楷文不知是喜是忧,心中一片蒙昧。

八

哪个人遇到这种情况会半途而废?

叶楷文马上返回北京。

一切似乎都按老人的安排,按部就班地进行下去。

老人果然没了。算算日期,是与他见面后的几天。据说去得很安详,说是一觉没有醒来。

那日清早,为叶楷文翻修房子的工人,没见老人按时出门打豆浆买油条。

晌午到老人廊下的炉子上烧开水时,见炉子还封着,就朝屋里招呼了一嗓子,不见有人应声。推门一瞧,老人还在床上安安稳稳地睡着。

人说:"您老,都什么时候了,还睡哪!"

不见回声,近前一看,人早没了。

老人的身世呢?

向无所不知、无所不晓、工作效率可与安全部相媲美的居民委员会打听,也说不出所以然。

有人说,老人的先人早年间给老主子看守宅门儿,不知看了几代,老人就随先人在宅子里住着。年年复年年,主子一家子死的死散的散,解放以后房子就归了公,由公家几个部门占用,给老人留一间算是落实政策。可他又不是房主,落实哪门子政策?

老人无声无息地住着,以裱画为生,一九四九年后,多少次"运动",倒也没有伤着。

不过老人倒是给新房主叶楷文留了一封信——

先生:

> 对不起,先走了。知道你会回来找我,但是,对这幅长卷的来龙去脉、何去何从,我也无可奉告。唯一知道的是,我终于把它交给了一个可靠的人,这幅长卷有朝一日终会团聚,从此再不会在世上颠沛流离,它可以安心了。
>
> 谢谢你的善意,让我在这所宅子里走完我这一生。
>
> 知名不具

叶楷文不由得想起老人说过的那些话——

"我知道你不待见这幅画,谁也不待见。正是因为谁也不待见,倒是它的运气了。要是谁都待见,它的下场早不是这样了……

"我知道你想什么。风物长宜放眼量,到时候你就知道厉害了。只是有一个条件,无论什么时候,你都不能丢了它。不是为了我,也不是为了你。为了什么?到时候你就明白了。"

这幅长卷的身世,越发显得扑朔迷离。

想起来真是后悔,他又何必亲自去打那场不值一打的官司?

也许有些逞能,也许想要给那些所谓"中国通"一些颜色。

前不久,叶楷文见到一幅绝妙的人物画,虽比不得人物画的巅峰之作——《韩熙载夜宴图》,也算他见过的最好的人物画了。于是叶楷文向画主提出,用他的三张画,换这一张人物画。当然,他那三张也不错,水平相当高。

对方是个"中国通",对叶楷文那三张画把握得很准,很痛快地同意了。

想不到成交之后马上反悔,要求换回。叶楷文不肯,最后对方竟将叶楷文告上法庭。

叶楷文根本没把这个官司放在眼里,所以没请律师,而是自己出庭辩护。

在法庭上,叶楷文说:"我只有一个问题。"

法官说:"请讲。"

他对"中国通"说:"请问,你懂不懂中国画?"

对方无以应。

说自己不懂,以后还如何经营中国古董、字画?说懂,那就是公平交易,还有什么官司可打?

不费吹灰之力,叶楷文就赢得了这场官司。

可是为了逞能,他错过、失去了什么!

九

越到后来叶楷文越是明白,老人的话,句句都是谶语。

第二章

一

老人就这样走了。

跟前儿连个哭丧的人也没有,真是一干二净,无牵无挂。鳏寡孤独的下场,多半如是。谁能说这样地离去,不是一种好?

说是无牵无挂,没什么不了的事、不了的情,可世间万物并非如此简单。

那未了的悔恨,算不算一种牵挂?

随着时间的推移,他的悔恨也跟着逐渐老去的躯体一起老去。是啊,一个老去的悔恨,还能挤出多少煎熬人的汁水?

没了,早没了。

干了,早干了。

他对自己说。

可是,尽管,这悔恨像是泡到第三过儿的绿茶,没了滋味、淡了颜色,却不能说它不再是绿茶。

人生不过是一出折子戏,连大戏都算不上。有关这幅画卷的风风雨雨,他已淡然——他又对自己说。

可为什么又一直放心不下？——那位先生会不会为这幅画卷做个了结？

这么多年，他就这么苟延残喘地活着，大病了一场又一场，场场有惊无险、死里逃生，难道就是在等待这位先生？

一个人要不要去、什么时候去，自己心里是明白的，能治百病的医生倒未必十分清楚。

这一次，他是真要去了，而且没病没灾。难道因为已经有了"下家"？

这宅子里大大小小、上上下下的主人，当初恐怕谁也不会想到，由他这个外姓人来为这座王府以及府中人等做个了结。

二格格的下场，他是亲历亲见。三格格呢？三格格若是有个好收场，他也能安心一些，可谁知道呢？

他怎么就把信交给了二格格？

谁让他们是孪生姐妹！又都说三格格左耳朵后面有颗黑痣，谁能扒开她的头发看一看？

那时候，他才多大的人儿？六七岁？八九岁？自己都不记得了。却把这样责任重大的差事交给他，虽说不是人命关天，又和要了三格格的命有什么两样？这是大人们的不是，还是他的不是？

即便把信交给了三格格，难道三格格就会有好下场？就会和乔戈老爷白头到老？这个宅子里的人，除了他，算是善始善终，哪位得了好死？

可是他，为此悔恨了一辈子。那是捣了他一辈子心窝的悔恨啊！

换作他人，也许不会像他这样耿耿于怀一辈子，把一切际遇看作"命"不就得了！多少人会把"良心"二字看得那么重？

把这个家坑得家破人亡的乔戈老爷,又如何?乔戈老爷忏悔过吗?

两位格格虽是孪生,性情却截然不同,三格格倒像汉人,二格格却还葆有满人的特征。

二格格外向,直来直去,喜欢舞枪弄棒,像个假小子。照相、骑自行车、开汽车,什么时髦赶什么,没有一样儿不在行。据说和宫里那位宣统皇后,是过了帖子的姐妹。凡此种种,也就难怪在王府里做家塾的父亲,并不十分得意二格格这位学生。

三格格却过于羞涩、懦弱,没有多少独立能力,依赖成性,也许因为如此,反倒招人爱怜。

等他长大成人,他才知道,两位格格都和那位乔戈老爷纠缠不清。

"随事处"里都是清一色的英俊小伙儿,二十啷当岁,终日跟随王爷进出,内眷也不避讳,一来二去,能不出事儿吗?

也难怪她们姐妹心仪乔戈,他看上去真是一表人才!高大——"高大"好像是中国女人的死结,只要男人高大,人格似乎也跟着高大起来,不论是天下的责任还是对女人的责任,都会一律毫不含糊地承担起来。

他具备国人对男人最佳的审美选择:国字脸、剑眉、皓齿,静如松、动如风……加上他不仅善解人意,还善讨人欢喜。

她们的哥哥——大爷,倒是不嫖不赌,可"活"的营生一样儿不会,也用不着会。要说他有什么大不周的,也说不出来,不过是那种到处赶场子的人,终日不着家。

有了急事,人找不着,下人们都知道该怎么办——哪儿热闹上哪儿找去,一准找着。

记得有一年太夫人做寿,阖家老少前去拜寿的时辰到了,可是哪儿哪儿也找不着这位爷了,还是下人们在琉璃厂一家新开张的古玩店庆筵上找着了他。

偶尔他也填个词、做个赋,父亲说,居然还有那么点儿意思。不过这种时候百年不遇。长大以后看到《红楼梦》,这位大爷可不活脱儿一个薛蟠!

大爷死也死在"热闹"上。

他虽不是喜好读书之人,却爱惜字纸。闹八国联军那会儿,一九〇〇年六月二十三日早上,"甘军"董福祥将军的一个卒子,一个火把扔进了翰林院。又赶上那天风大,翰林院轰然起火,义和拳的枪炮跟着打响,说是光弹药帽儿就有几百斤。顷刻之间,文绉绉的翰林院,摇身一变成了引爆的兵火库,而隔壁的英国使馆很快也被大火包围。

大爷不止一次去过翰林院,敬见过翰林院的气象。听说翰林院遭了这样一劫,顿时心急如焚,慷慨激昂地说:"翰林院里,那可是祖宗留下的圣堂、圣典……我去瞅瞅……瞅瞅就来。"

可他从此一去,再没回来。

从此以后,家里人人记住了这个日子。倒是大爷在世时,没人说得出他干了什么。

有人在现场看见了大爷。

眼见那些精美的、几百年来装点着翰林院一座座圣堂的木雕、飞檐、梁柱,与圣堂一起在熊熊的烈火中化为灰烬;

眼见那些典籍、善本、孤本在火焰中挣扎、翻转,即便侥幸逃过火焰,也被丢弃在庭院、池塘之中,任人又踩又踏,更有被义和拳当作垫脚的,用以翻越翰林院的高墙……

此情此景让大爷好不心疼。目不识丁的"拳匪",就这样把祖宗留下的典籍、善本、孤本,像在家烧柴火那样地烧了,像在地里作践烂泥那样地脚下踹了……也是,他们哪里懂得这全是无价之宝?

此时,却见那些被义和拳穷追猛打,在英国使馆或当差或避祸的洋人,还有英国水兵,纷纷从翰林院被枪弹豁开的高墙拥进那个随时可能轰然炸裂、吞噬他们生命的"兵火库"。

大爷想,怎么反倒是这些个毛子来抢救祖宗留下的圣堂、圣典?对祖宗留下的这些圣堂、圣典,他难道不比这些个毛子更心疼?

想着,便忍不住冒着嗖嗖的枪子儿,顶着一根根、一顶顶随时可能塌陷、坠落的梁柱、房顶,与那些个毛子一起,去抢救、捡拾所剩不多的典籍,或尚能成册的残卷……

一个爷,居然跑去和毛子一起救火!难怪有个义和拳说他是汉奸,一刀把他劈了。

要不是喜欢赶场子,大爷尽管没什么出息,可怎么也能有个好死。

这就是王孙公子的德行。因为从来用不着和危险打交道,也就根本不知道什么是危险。要是他,恐怕早就往家跑了。

这不是白死又是什么!等到跑反的太后回了金銮殿,又与洋人签了赔本赚吆喝的协议,再想找那"拳匪"偿命,可又上哪儿找去?保不齐,那"拳匪"早死在自己人或是洋人的刀枪下了。

王爷倒是不苟言笑,就那么一个福晋,没有立过侧室,也从未听"随事处"传出他拈花惹草的闲话。

王爷的福晋,更是个心宽的人,火烧上房,也能安安稳稳把那口烟抽完再作理论。

按说这一家人的脾性,都是那有福之人的脾性,如果没有那场辛亥革命,日子该是风平浪静。

可谁能料到"后来"?"后来"是最没谱儿的事。

二

王爷、福晋过世后,二格格把他留下,说:"你就是我们家的一个账本儿,尤其是我的账本儿,丢什么也不能丢了你。你要是不嫌弃这院子里的晦气,就把这儿当你的家吧。"说罢,竟有些哽咽。

好在他自幼生长在这宅子,不说别的,就说这院子的一草一木,他也所知甚详。父亲本就是二格格、三格格的塾师,年少时,二格格或是三格格有了兴致,还教导过他一些皇家礼数,他也就更添儒雅。

那时家里所藏字画颇多,有些是宫里赏赐,有些是下属贡进。值钱一些的,或让大爷那些"狐朋狗友"——二格格这么说的——谁见,谁爱,谁拿去;不太值钱或那些保管不善的,谁也不当回事儿,随手丢在一旁,竟至破损。

家大业大,谁能记着自己所有的一切。

父亲看着不忍,授课之余,便试着修补那些字画。可毕竟人老眼花,又没做过,很不应手。他在一旁看着看着就上了瘾,开始是好奇,渐渐上了手,没想到后来竟以此为生。所以,除了在跨院儿偏房里住着,实际上,并没有靠王府为生。

特别在王爷、福晋、大爷相继过世,三格格下落不明之后,二格格有事儿没事儿就把他叫到上房,或说些没头没尾的话儿,或让他坐下,陪她无言地喝两口。

自己媳妇怀了孕,二格格竟说:"要是个儿子,过继给我,如何?"

虽是民国了,也不能没有尊卑上下。不过媳妇很会说话,不说行,也不说不行,只说:"承蒙您抬举。"

媳妇毕竟当年是福晋跟前的大丫头,见过世面,说话做事得体且不张扬。后来福晋赏他做了媳妇,那真是相敬如宾的日子。

二格格不无艳羡地说:"咱们府里,也就是你们俩过得是人的日子。"

哪知媳妇难产,大人孩子都没保住。

还真是个儿子。

他从此没有再娶,高不成、低不就,也没了意思。如今的世道,正像父亲在世时说的那样:"作孽呀,什么世道了,皇城也改成了黄城,不伦不类呀……"

父亲最不能忍受的不是失去了往日世界,而是"皇城也改成了黄城",和诸如此类的细枝末节。

改变这些,比让父亲改什么都难。照他看来,国又如何?谁来当皇帝都是活,可要是没了旧日的品位,谁当皇帝也不行。

二格格又常对他说:"如今,你就是我最亲的人了。"

那么乔戈老爷呢,难道不是她最亲的人?他没敢问,比起乔戈老爷,自己到底不是她的亲人。

自那些事一桩接一桩地发生后,二格格好像变了一个人。怎么说呢?好像她的心沉得很深,再不像从前那样容易让人明白了。

和乔戈老爷说恩爱又不恩爱,说生分又不生分,终日里相随相跟,可就像是各怀心思。

不论谁说什么,二格格就那么似笑非笑地看着你。笑得你心里发毛,不得不寻思自己是不是说错了什么做错了什么。

二格格一会儿男装,一会儿女装,进进出出,相当忙碌的样子,可又没有什么正经的职业。

至于乔戈老爷,玩戏子、宿青楼,二格格不是不知道,却从不干涉。

若是乔戈老爷那个跟班儿——现在虽然不叫"随事处"了,跟班儿还是有的——或丫头、老妈子传点子风言风语,她听后也就一笑,摇摇扇子,走人。

她摇扇子的派头儿,真飒啊!

不过,以二格格的性格来说,如此这般对待乔戈老爷的寻花问柳,是不是有点反常?

确如二格格所说,这院子果真晦气。

先是大爷死在"拳匪"刀下。

再说四叔那封信,如果早来一个月,王爷也不会让二格格、三格格去美国投奔他。

接到四叔搬离旧金山的消息后,王爷马上让海军部的人给船上的二格格、三格格发电报。

过了没几天,国民革命军就推翻了大清帝国。王爷更没了主意,到底让她们回来,还是继续前行?再打电报,船上回电说,没有二格格,只有三格格,而且早已在旧金山下了船。

又拍电报给船长,让他在旧金山继续寻找。谁知道是不是真找了,回复说,遍寻旧金山,毫无结果。

国民革命军推翻大清帝国之后,不要说一个被抄了家的郡王,就是宣统皇上,又指挥得了谁!

记得当年李自成围了北京城,崇祯皇帝亲自敲响景阳钟,宣大臣们上朝,共商对策。可平日里鞍前马后、山呼万岁、一唱百喏的大臣们,一个没来。

空旷的皇宫里,只有景阳钟颤颤悠悠的长鸣,犹自渐渐消隐在早春的暮色里。崇祯皇帝恐怕就是在景阳钟的最后绝唱中下了自裁的决心吧。

曾几何时,主宰大明王朝的崇祯皇帝,只落得一个贴身太监王承恩跟随左右,眼巴巴地看着他自缢在煤山上而莫可奈何。

何谓凄凉?何谓孤家寡人?

那是被天下、被社稷所遗弃啊!对一位曾几何时至高无上的君王来说,世上再没有哪种遗弃,如此这般地让他万念俱灰。

到了这个时候,怕是只能上吊了。

接到这个信儿的当时,王爷眼睛一翻就过去了。也好,如果他知道二格格根本没去旧金山,而是跟叛逆大清、叛逆自己的乔戈老爷私奔了,那才更惨。

此时,福晋身边连个讨主意的人都没有,亲戚朋友也只能出些等于没出的主意。

再说民国之后,朝廷俸禄没了,人人忙着自寻活路,哪有心思顾得上一个八竿子打不着的外甥女儿或侄女儿的下落?

那些人和大爷一样,讲起享受个个都是行家里手,轮到办正事可就傻眼了,谋生的本事一概全无,全靠典当房产、地产、古玩字画、金玉珍宝为生,又不肯委屈将就点滴,很快就坐吃山空。有说某公主因生活难以为继,只得将自己的凤冠送进当铺;有说某贝勒子沿街讨乞,最后倒毙街头;有说某王孙公子沦为捡破烂儿的;有说某命妇竟坠入了烟花巷……那可都是女真人的后裔!第一代皇帝何名"努尔哈赤"?意思是"持箭领队之人"。那持箭领队之人如何想到,他统领的队伍,最后会落到这个下场?

福晋也没有王爷幸运。

她亲眼所见二格格跟着乔戈老爷一起进的家门,说是在报纸上见到父亲过世的消息,赶忙回来奔丧。至于他们二人如何一同回来奔丧,则略去不提,不过明眼人一看便知。

只见福晋将乔戈老爷看了又看,用一张似笑非笑的脸回了乔戈老爷的请安,便回房歇息去了,甚至没有吩咐下人给生米煮成熟饭的新女婿上杯茶。尽管二格格觉得有些出格,但也在意料之内,谁让自己与此人私奔!

一向达观、乐天知命的福晋,当天晚上却在自己房里上了吊,连个所谓的遗嘱都没有留下。谁也猜不透她为什么自尽,难道仅仅因为二格格私奔?

从古到今,私奔的闺女多了去了,也没见过哪位母亲以这种方式来表示自己的不满。佣人们私下议论,这也太过了吧,让二格格和乔戈老爷何以自处!

后来的后来才知道,正是这位乔戈老爷,煽动革命军抄了王爷的家,并敛尽家中财物。若是如数交给革命军也算秉公办事,可是听说乔戈老爷和革命军分了成儿。或许福晋有所耳闻,谁知道呢?

如此这般,这样的女婿何以相处?

又何以向死于革命副产品的王爷、失踪于革命副产品的三格格交代?

又何以面对二格格,说出自己不能接纳这样一个女婿的因为所以……

三

二格格和乔戈老爷似乎有过几天相亲相爱的日子,不过就像雨后彩虹,很快过去。此后,就是那种不即不离的境况,可也很少听到他们口角。

谁想到这样两个人不吵则已,一吵起来,简直无法回头,还说什么夫妻没有隔夜仇?

谁又能相信,即便独处也像是在不断点头称是的乔戈老爷,居然能发出那样的咆哮?

只听二格格慢条斯理地说道:"……你原不过是个奴才。"

"错,应该说我们是奴隶,是生来革统治者命的奴隶。"

"不,你不是奴隶,你是奴才。奴才和奴隶不同,奴才是见利忘义、卖友求荣、最没有人格的东西,而奴隶是有独立人格的人。你有什么准稿子吗?从来没有,你的准稿子就是卖友求荣。毁了我们家算什么?你当我们都像奴才那样,把身外之物当回事儿?

"奴才有奴才的本事,你说是不是……好比你很能审时度势,当年同盟会汪精卫一伙儿在日本组织刺杀摄政王,是你利用我父亲与宫里的关系,打探到摄政王的行止,将时间、地点告诉了同盟会。

"行刺失败之后,同案人都被抓进监牢,你呢?没事人一样逍遥法外……你要是一竿子插到底我也佩服,眼瞅着辛亥革命难成,你就煽动我们姐妹二人去美国,为的是给自己留个后路。是的,是我们要求父亲放我们去美国的,可谁知道风云莫测,我们上船的前一天,你又得知辛亥革命就要起事,而且'行情看涨',就又想把三妹留下,谁知道你留下她的真正动机是什么!……可送信人错把该给她的信给了我,我也将错就错了。"

乔戈老爷回嘴说:"你有什么资格说我!三妹不是你害的又是谁害的?我要娶的本来是她,是你调了包儿。如果她有什么不幸,你不是杀手又是谁!"

"幸亏是我留下,如果三妹留下可就惨了……

"也好,不留下真还不知道你的底细。你以为我就是大小姐、少奶奶一个？你以为我这些年来进进出出就是在玩儿票？不，我把你查了个一清二楚。现在，听说你又要投靠共产党反对国民军了……"

随后，就是镇纸或砚台摔在地上的巨响，可见用力之大。还有瓷器碎裂的声音，本就所剩无几的老瓷器，肯定又毁了几件。

从此他们形如路人。形如路人倒还好，其实是成了永不可解的仇人。

更想不到，有一天他们竟然拔枪相向。

那天晚上，他去后院储藏室取一幅旧画准备修裱，回来时经过书斋中厅，正好撞见他们争吵。

他走也不是，退也不是，只能躲在大胆瓶的后面。胆瓶之大，足以挡住他的身影。那还是当年宫里的赏赐，可能因为不好搬动，才免去被革命军"查没"的下场。

想来他们已然吵了许久，等他撞上的时候，已经进入总结阶段："……原来，你就是那条毒蛇！"

"是！是我把你们起事的时间、地点告发给了当局，只是为了给一个奴才一点儿教训，告诉他什么是做人的本分。"

"你好歹毒！"

"歹毒的是你，不是我。等着吧，我会把你送到该去的地方。"

"还不知道谁把谁送到他该去的地方呢！……"乔戈老爷慢慢地背过身去，又在猛然回身的当儿，用一个黑洞洞的枪口，对准了二格格。

二格格手里不知何时也握上了一支枪。比乔戈老爷神奇的是，根本没见二格格有什么动静，一枪却已在握，并放出她那很飒的一笑。

乔戈老爷根本没把二格格那神出鬼没的功夫放在眼里。"倒是我,应该给一个不知天高地厚的遗老遗少一点儿教训……"

他们几乎是同时开的枪。只是二格格慢了一眨眼的工夫,先被打中了。

她不是枪法不准。毕竟是女人,毕竟乔戈老爷是她的亲夫,或许是下不了手,也或许没想动真格的,倒让乔戈老爷抢了先。

他马上从藏身的胆瓶后冲了出来,三脚两脚就要跑去找大夫。"大夫!大夫!"

乔戈老爷将枪口对准了他:"不许动,动我就开枪!原来你在这里,今天的事儿,你要是走漏半点儿风声,也是这个下场。"

看到二格格被子弹射中,他没有考虑自己能做什么或不能做什么,只知道赶紧找大夫,救二格格一命。现在看来,不但救不了二格格一命,自己也不能幸免一枪。

事后回想起来,他觉得不可思议,为什么乔戈老爷不接着给他一枪?

随着乔戈老爷一命归天,他永远不可能知道,乔戈老爷并没有忘记,当年小小年纪的他,时不时为他和三格格"鸿雁传书"的往事。

毕竟乔戈老爷对三格格有情有义,尽管最后娶了二格格,但那不是他的本意,而是阴错阳差——虽说他寻花问柳,可那不是男人的天经地义?

乔戈老爷走过去探了探二格格的鼻息。二格格一动不动,像是被打中要害,再没有可能还手,或是根本断了气。

然后乔戈老爷掸了掸自己的手,看了看他,仅用眼神儿就将他定在原地。又从容地走到书案前,依次拉开书案上的那些抽屉——靠你、银票、房契之类的东西。

此时，一个尖厉的声响，像一枚带着长哨、长尾的投枪划过空中。一颗子弹，不偏不斜地射进了乔戈老爷后脑勺儿的正中。

乔戈老爷当时就栽倒在地，一声不哼了。

他忙向已被乔戈老爷"执了死刑"的二格格看去，只见她还是面朝下地匍匐在地，显然已经没了翻身的力气。这一枪，她是以自己的后背为依托，以便不摇不颤，反手射出的。

她的手也一直在后背上搭着，她是再也没有力气把那只手从后背上挪开了。

他从来以为，二格格练刀、练枪，不过是玩儿票，也从没见她派上什么用场，只见她用了这么一回，还真用对了地方。

又想起二格格常说的话：论斗心眼儿，咱们斗不过汉人；要说盘马弯弓，汉人可就差了一着儿。

他不敢稍作停顿，马上就往外跑，一面慌里慌张地对二格格说："您等等，您千万等等，我这就去请大夫！"

二格格叫住了他："你给我站住！没用了，谁也救不了我。你过来，快过来，我这儿还有比找大夫更要紧的事儿……"

除了马上找大夫，他认为什么也不重要。

"赶快过来，没时间磨蹭了！"二格格从没有这样声色俱厉过，看来情势危急，只得听她的吩咐了。

他心惊胆战，蹚着满地横流竖流的鲜血，走了过去，把二格格抱在怀里。

"瞧你这点儿胆子……"二格格紧紧抓着他的手，不停地捯气。

他从不知道，一个要死的人，而且是女人，会有那样大的力气，好像攒了一生的力气，都在此刻使了出来。

"我这一番是有去无回了……家里还有些值钱的东西，我去了以后，你到我房里拿去，檩条东边朝上一面是挖空的，东乔戈老爷根本没把二格格那神出鬼没的功夫放在眼里。"倒是我，应该给一个不知天高地厚的遗老遗少一点儿教训……"

他们几乎是同时开的枪。只是二格格慢了一眨眼的工夫，先被打中了。

她不是枪法不准。毕竟是女人，毕竟乔戈老爷是她的亲夫，或许是下不了手，也或许没想动真格的，倒让乔戈老爷抢了先。

他马上从藏身的胆瓶后冲了出来，三脚两脚就要跑去找大夫。"大夫！大夫！"

乔戈老爷将枪口对准了他："不许动，动我就开枪！原来你在这里，今天的事儿，你要是走漏半点儿风声，也是这个下场。"

看到二格格被子弹射中，他没有考虑自己能做什么或不能做什么，只知道赶紧找大夫，救二格格一命。现在看来，不但救不了二格格一命，自己也不能幸免一枪。

事后回想起来，他觉得不可思议，为什么乔戈老爷不接着给他一枪？

随着乔戈老爷一命归天，他永远不可能知道，乔戈老爷并没有忘记，当年小小年纪的他，时不时为他和三格格"鸿雁传书"的往事。

毕竟乔戈老爷对三格格有情有义，尽管最后娶了二格格，但那不是他的本意，而是阴错阳差——虽说他寻花问柳，可那不是男人的天经地义？

乔戈老爷走过去探了探二格格的鼻息。二格格一动不动，像是被打中要害，再没有可能还手，或是根本断了气。

然后乔戈老爷掸了掸自己的手，看了看他，仅用眼神儿就将他定在原地。又从容地走到书案前，依次拉开书案上的那些抽屉——肯定在找银票、房契之类的东西。

037

此时,一个尖厉的声响,像一枚带着长哨、长尾的投枪划过空中。一颗子弹,不偏不斜地射进了乔戈老爷后脑勺儿的正中。

乔戈老爷当时就栽倒在地,一声不哼了。

他忙向已被乔戈老爷"执了死刑"的二格格看去,只见她还是面朝下地匍匐在地,显然已经没了翻身的力气。这一枪,她是以自己的后背为依托,以便不摇不颤,反手射出的。

她的手也一直在后背上搭着,她是再也没有力气把那只手从后背上挪开了。

他从来以为,二格格练刀、练枪,不过是玩儿票,也从没见她派上什么用场,只见她用了这么一回,还真用对了地方。

又想起二格格常说的话:论斗心眼儿,咱们斗不过汉人;要说盘马弯弓,汉人可就差了一着儿。

他不敢稍作停顿,马上就往外跑,一面慌里慌张地对二格格说:"您等等,您千万等等,我这就去请大夫!"

二格格叫住了他:"你给我站住!没用了,谁也救不了我。你过来,快过来,我这儿还有比找大夫更要紧的事儿……"

除了马上找大夫,他认为什么也不重要。

"赶快过来,没时间磨蹭了!"二格格从没有这样声色俱厉过,看来情势危急,只得听她的吩咐了。

他心惊胆战,蹚着满地横流竖流的鲜血,走了过去,把二格格抱在怀里。

"瞧你这点儿胆子……"二格格紧紧抓着他的手,不停地捯气。

他从不知道,一个要死的人,而且是女人,会有那样大的力气,好像攒了一生的力气,都在此刻使了出来。

"我这一番是有去无回了……家里还有些值钱的东西,我去了以后,你到我房里拿去,檩条东边朝上一面是挖空的,东西就在里面。现在都留给你了,不留给你也会被外人拿去。这些东西变卖之后,总能担保你以后有个不愁温饱的日子,实在不行,这一处房产也能卖些钱,别担心,我早就写好了房契。此外,还有半幅画卷,这才是最重要的事……我一辈子对不起'她'……"

他不清楚,为什么自三格格走后,二格格从来不提三格格的名字,提起三格格,就是一个"她"。

"这半幅画卷,无论如何替我交到她手里,她一看就能明白我的意思。当然,这个罪怎么赔也赔不起了,下辈子吧……不论哪半幅画,都是一钱不值,只有合成一幅,才能无价……我指的不仅是钱财……拜托你了,既然你错把黄杨当黄松,这个错儿,也只好由你来纠了。再说我把你从小看大,信得过……对不起了,不过你又对得起我吗?咱们算是两清了。"

从不认输的二格格,最后说道:"这辈子,我算是栽大发啦……"说罢,她笑了笑——这种时候,她居然还笑得出来。

他那模模糊糊、费了多年心思的猜想,这才落了实——他果然把信送错了人。

这叫什么事儿啊!原来二格格、三格格遭的难,都和他息息相关。

谁又能替他赎回这么大的罪呢?

这件让他悔恨一辈子的事,怎么就落到了他的头上?

该着他那天从外头回来,该着他在门洞儿里碰见了"随事处"的那位眼生风、嘴生情、人见人待见的乔戈老爷;

该着父亲是这王府的塾师——二格格、三格格的汉语家庭教师——他们父子便也在这宅子里有了一席之地,进进出出,抬头不见低头见,一来二去成了比亲人差不了多少的人……

如果乔戈老爷没在门洞儿那儿碰见他,这一切变故倒是不会有了,王府里的人,难道下场就会更好?

他活了九十多年。九十多年里他看过多少人事沉浮、多少悲欢离合……所有的戏文、小说都比不上啊!

《红楼梦》又如何?如果曹雪芹活到现在,也会自愧弗如。

二格格去世后,他开始学习英语,除了房产和那半幅画卷,变卖了所有的东西,化为漂洋过海的盘缠。幸亏二格格喜欢拍照,他又带上了三格格的照片。

就这样,脖子上挂着一个画筒,画筒里装着那半幅画卷和三格格的照片,去了旧金山、洛杉矶,甚至纽约,遍访了那几个城市的唐人区。

在旧金山,他查访了大大小小的旅馆。一些当年极负盛名的旅馆早已倒闭,即便那些还在营业的旅馆,当时的服务生也是过世的过世、退休的退休了。

倒是找到几个旅馆、几个退休的服务生,问起这么一个中国女人,却是无可奉告。

查找旅客登记的历史资料,也没有找到三格格的名字。也许她在旅馆登记时用了化名?也许因为她根本不懂英语,将错就错?

苍天不负有心人,最终他还是找到了几家当年曾经著名、如今尚在营业的旅馆,比如建于一九〇九年的Renoir酒店和建于一九一〇年的Fitzgerald酒店。

Fitzgerald酒店典雅的旧日风情,给他留下了深刻的印象——那是三格格不论到什么时候也不会放弃的品位,她肯定在这里落过脚。

据Fitzgerald酒店的一位老人回忆,确实有个单身的中国女人在这里居留过几周,后因付不起房租退房。退房后去了哪里,就没人知道了。

他向老人出示三格格的照片,老人看了又看,最后摇摇头说:"对不起,是不是这位小姐,我无法肯定。在我看来,中国人长得都是一个样子。"

是啊,在他看来,西方人长得何尝不是一个样子?

他甚至去过成立于一八九四年的犹他州家谱图书馆,大海捞针般地翻阅过华人的家谱。

盘缠花尽,毫无所获,只好脖子上又挂着那个画筒,打道回府。

当客轮一声长鸣离开旧金山码头的时候,他心有不甘地想,旧金山、旧金山,哪儿像那位奥斯卡·王尔德说的"说来奇怪,世界上任何地方的失踪者,人们最终都会在旧金山找到他"?

凡此种种,让他心生疑惑。难道这所宅子,果然不吉不利?

他不是没有找过风水先生。风水先生说,早年修建这座郡王府的时候,不知请过多少风水先生,哪会有问题?除非有什么更硬的命,破了这里的风水。不过谁的命,又能硬过这所郡王府的命?所谓不顺,也是暂时的。

果不其然,从此风平浪静。再说这王府里的人,不是死了就是无影无踪,即便想要发生什么事,也没人应承了。

将来如何,那是人家的事了。

第 三 章

一

那小女子还在有轨电车站的候车棚下坐着,像是等车。可是电车一辆辆过去,也未见她上车,想来无非是找个地方落落脚。是的,她已经在那里坐了一整天了。

她用作座椅的小箱子,牛皮上等、铜饰精致,像一件装不了什么东西的玩具。而那颠沛流离已久的小箱子,完全不想为她充当座椅,而是要找个犄角马上躺倒。

至于身上的穿戴,更是质量上乘,却没有一处不是又脏又皱,像是很久没有打理……总之是一副无家可归、穷途末路的样子。

旧金山四季如春,即便冬季也是如此。她却怕冷似的紧缩肩胛,将脸深深埋进衣服的领子,远远望去,只剩下一条拱着的脊梁。

时间已晚,约瑟夫的热狗店也要停止营业了。如果熄了店前的头灯,有轨电车站那儿怕是更黑了。

白天的时候,这女子进店里来买过一个热狗、一杯热牛奶。那是一个人的午餐吗?说是一只鸟的午餐还差不多。

身高马大的约瑟夫不能不这么想。约瑟夫·汉斯来自德国北方,那里的汉子差不多都像一座塔。

她显然不是很懂英语,也许会说那么几个词儿,进餐之前,只用手势对他表示想要洗洗手。

她当然应该先去洗手间,已经一天了。但洗手间里没有准备肥皂,到底这是一间简陋的热狗店,而不是正式的饭店。

仅就一个未婚男人所能有的想象,约瑟夫赶紧拿了一卷卫生纸和一块肥皂给她。接过卫生纸和肥皂的时候,她的头,幅度很小、频率很快地向他点了点,那种幅度和频率,表达了不曾独立、不曾混迹于社会的感激不尽和羞涩。尤其是羞涩,还掩藏着一言难尽的尴尬,与他周围的女人很不相同。

他周围的女人差不多像他一样,因为要在社会上讨生活,一个个即便不是铜墙铁壁,至少也要做出铁齿钢牙的样子。

不能说约瑟夫对女人没有了解。他从不缺少与女人肌肤相亲的机会,在他们这个阶层,男女之间的关系比较简单。可是他还没想和哪个女人谈婚论嫁,他要的是一个正儿八经的女人,像他远在故乡的母亲或是祖母那样,操持家务、生儿育女,混迹社会是男人的事情……

这样一个似乎一碰就碎的陶瓷似的小人儿,如何独自流落至此,又沦落至此?她的男人或是父母还有亲人呢?也许她还没有男人,看上去她还像个孩子,这当然是指她的身坯。不过从神态上看,已经是个可以对男人构成意义的女人了。

她一定非常饿了,可是进食之前,还是有板有眼地将一块手帕铺在了膝头。那块手帕也像她身上的穿戴一样,已然不甚干净,她自己也并非不知,不然不会那样没有必要地,朝他,或根本没有具体朝向、目标地,讨饶似的笑了笑,然后才开始进餐。

这生拉硬拽的笑容,将两条被饥渴榨取得几近干旱的皱纹推上了眼角,让不知辛酸为何物的约瑟夫竟然伤感起来。

不,当然不是因为那两条皱纹。

但她并不狼吞虎咽,而是一口一口吃得很慢,就像在享用正式大餐。约瑟夫只能从她低垂的眼睑以及注意力过于集中在热狗或牛奶上的样子,看出她对食物迫不及待的渴望。

这时,他的猫咪走了过去,并在她的腿上蹭来蹭去。她以为猫儿饿了,想了一想,撕下一块肉肠给了猫咪。岂不知它是在向她表示亲热,根本不理会那一块对她来说来之不易的肉肠。她往操作台这边望了望,希望没人注意,又悄悄捡起那块不大的肉肠,放进自己的嘴里。

到了这时,约瑟夫的眼睛便似乎有些潮湿。如果是他本人,或他周围的那些女人如此这般,他想他的眼睛不会如此。

从不知道何为细腻,从未与这等女人打过交道的约瑟夫,想不出如何才能帮助她,不仅仅是种族的隔阂,还有等级的隔阂——别看她现在落魄至此,仍然可以从诸多细节上看出他们之间的差别。这样的女人,对他的同情、帮助,会怎么想呢?

约瑟夫犹豫再三,最后还是什么也没说,只好眼看着她吃完那个热狗,喝完那杯牛奶,又提着她的小箱子出去了。

临街的店铺,依次熄灭了店面的头灯,街上显得更暗了,行人也越来越少。只有那些流浪汉、酒鬼,或不三不四的人还在街上游荡。

她该怎么办?

其实约瑟夫已经延迟了关闭店门的时间。晚就晚些,倒也无妨,反正楼上就是自己的卧室、起居间,只希望店前的头灯对她有些帮助,甚至安慰。

安慰?他有什么义务或是权力安慰这样一个陌生的异国女

人？就是想想也很无稽。

约瑟夫等了又等,还不见她离去。显然她是无处可去,显然她也没有钱去找家旅馆下榻。

他自知这样想来想去有些无聊,便决定留下店前的头灯,上楼去了。

洗澡之后,不禁又向楼下望去。有些店铺上的招牌挡住了他的视线,晃了晃脑袋,找了找角度,还是没有看见她的身影,也许她真的走了,他那乱糟糟的心思才有些回收。

于是躺下睡觉,明天还得忙呢。约瑟夫没有一天不忙,在这一带,他制作的热狗口碑颇佳,不过是在热狗里夹了一些炒过的洋葱,洋葱上又放了些芥末,口味就与众不同。想不到在美国求发展是那么容易,怪不得这么多人涌向美国。刚从德国来到旧金山的时候,不过是推个食品车卖热狗,不久就买了这家店面。由于店面的位置好,加上与众不同的热狗,很快发展成现在这个局面,自己也安顿下来。本打算把父母接来,可是他们执意不肯,人老了,难免留恋故土。也写信给自己的情人,约她来这里共同创业,其实用不着她操心,他的热狗店已进入最佳状态。

情人回答说,她不想来美国冒险。

爱情是上不得保险的。近在眼前的时候什么都好说,一旦分开,与日日相向已大不同,平白就多了许多理智。理智的结果,是祝他好运,并永远将他怀念。

…………

可是约瑟夫的心总也安定不下来,翻来覆去怎么睡也睡不着,只好起身,再次向窗外望去。噢,她还在那里,天哪,她没走!

街上,甚至连流浪汉、酒鬼、不三不四的人都没有了,他为这个女人的安全担心起来。也许是这忧虑给了他勇气,他快步下楼,走了出去,弓下身子,轻声而又果断地对金文萱说:"如果你不介意,请到我的店里休息吧。夜深了,我担心这里不够安全。"

显然她没听懂他在说什么,不过明白了他的好意。

这是金文萱第一次如此近前地面对一个西方男人。她朝俯身向己的男子望去,那是一双什么样的眼睛?在光线不足的暗影中,更是一眼到底、就是撸起袖子进去捞也捞不着什么的透明,又像一处无遮无拦、任人随意进出的门。

金文萱没有感到惊恐,经过这些意外之后,还有什么可以惊吓她?

二

二姐金文茜只说去去就来,好像遇到了什么熟人,她的朋友从来就多。可是直到开船,她也没回到舱里。不过金文萱没太在意,也许二姐和朋友聊上了,而且聊得十分投机,这也是常有的事。

金文萱稳坐舱内,或修饰一下凌乱的衣着、头发,或整理整理随身携带的行囊,取出所需,放入暂时不用的物件,并不知道与她息息相关的事正在发生。

金文萱乐观单一的顺向思维,经常使她处于不知祸之将至的状态。"人无远虑,必有近忧"的古训,似乎是对他人而言,对她却格外优惠,绝对不会生出什么瓜葛。

好比此时此刻。与乔戈的离愁别绪虽然没有完全过去,但相逢的期盼已经掩盖了她的忧伤,至于这个期盼最终能否实现,是不必多虑的。

只盼乔戈一切顺利。而她不懂得,乔戈的顺利,就是父亲的灾难。

别指望金文萱会在金文茜与乔戈的关系上发现什么可疑的

蛛丝马迹。也就是说,她根本没想到她们姐妹二人同时爱上了乔戈,更想不到在对待她和金文茜的问题上,乔戈坚持的并不是非某不娶,而是"贼不走空"。

....

到了晚上,还不见金文茜的踪影,金文萱才有点着急。

终于去找船长,请求帮助找人。船长查了查乘客名录,金文茜的名字赫然在目。

船长说:"如果还在船上,就不用担心。"

"可是几个时辰过去了,我一直没有见到她。"

"她说过熟人在哪号舱吗?"

"没有。"

"知道那位熟人的姓名吗?"

"不知道。"

"既然如此,只能逐个儿舱去寻找了。"

等到凌晨时分,船长才告知说:"每个舱都找遍了,没有金文茜的人影。她该不是没上船吧?"

"上船了。"金文萱肯定地说。

船长看着金文萱,想不通如今竟还有这样没头没脑的女子:"或许熟人根本不在船上,她去会熟人误了船?"

....

听到这里,金文萱的脑子顿时像被抽空。

当初金文萱并不想到旧金山去投靠四叔,如果不是二姐金文茜和乔戈鼓动,不论父亲说什么她也不会动心。

只因乔戈的前景不妙。至于如何不妙,她也不很清楚,总之他说不妙就是不妙。

乔戈鼓动说:"现在只有到国外避一避了……你先走,即便到了天涯海角我也会找来的,何况是去投靠四叔!等我了断这边的事情,马上就来,那时我们就是自由人了!"

不论从公、从私,乔戈都认为远走为上。时局动荡,尽管许多人看好孙中山,但革命未必成功,他与共和党牵涉颇深,一旦事情败露,肯定脱不了干系,刺杀摄政王那笔账不是还没算清?再说到"私",王爷绝对不会同意他和金文萱的婚事,如果到了旧金山,任凭谁的鞭子再长,都是莫可奈何的事了。待到时过境迁,木已成舟,无论公、私难题,都会随着时间的流逝而化解。

至于二姐金文茜为什么也极力撺掇她去投靠四叔,金文萱就不清楚了。也许因为二姐本就是个喜好新奇的人,找个理由出去玩儿玩儿也无不可。

父亲之所以让她们投靠四叔,恐怕有他长远的考虑。大清眼看难保,虽说大家照常上朝下朝,内里早被蛀虫蛀空。孙中山的势力不可等闲视之,据父亲看已成定势,而他自己又是一把多病多灾的老骨头,放在哪儿都没有前途可言,即便改朝换代,又能将一个行将入土的老头子奈何!至于子女的未来……还是出走吧,这样做的又不是他们一家,好在那边还有四叔接应。

行前不久,父亲把她们召到跟前,尽管咳喘得十分厉害,还是勉强把话说完:"风声日紧,你们还是走为上策。四叔在旧金山领事馆里做事,他总不会亏待你们。家里还剩有一些值钱的东西……不带走怕也留不住。"

他横了一眼站在一旁的母亲,母亲马上抱过一个锦缎包裹的轴子和一个黄缎包裹的小包。将黄缎包裹层层打开,少不得珍宝之类。对那些珍宝,父亲并没有怎么过眼,而是郑重地拿起裹在锦缎里的那个轴子,慢慢展开,原来是一幅画卷,但已拦腰裁断——

"……不是什么名人之作,不过,出自晋代,价值就足够了。世道已经变成这个样子,谁知道将来大家会怎样……裁为两部分的意思你们都懂,不用我说。家里是不能靠了,鞭长莫及为一说,社稷不保才是根本,今后你们姐妹二人相依为命吧……"说完就挥挥手,让众人去了。

还是船长提醒金文萱:"要不要与家人联系?船上可以打电报。"

她这才想起,应该给家里或给乔戈打个电报。

电报倒是打过去了,可是一直没有回音。也许因为是在船上,一切比不得陆地。

船长安慰她说:"别着急,电报我会不断地发送,直到对方收到为止。"

饭来张口、衣来伸手的金文萱,这才开始接受人间烟火的训练,懂得了焦急,并盼望赶快到达旧金山。想着到旧金山就有救了,四叔自会料理一切。

几天后的一个晚上,不知发生了什么事,船上人声鼎沸,乱了方寸的脚步震得甲板咚咚作响,金文萱只得走出船舱看个究竟。

问了几个人,谁也没心思答理她,再问船上的茶房,才知道大清亡了。

船上的乘客有人高声叫好,有人哭天抹泪,不知今后没了皇上的日子如何是好……

有没有皇上跟金文萱的关系不大,反正她已离开了大清国。可不知为什么,这个动荡,使丢失金文茜的严重后果更加凸现。好像二姐也跟着没了的皇上一起没了,不是暂时,而是彻底地没了。这该如何是好?

再去找船长给家里发电报,船长就有些搪塞:"现在京城肯定乱成一锅粥,电报局营业不营业都难说,不过我尽力就是。"

金文萱立时想起平日里读过的那些文白夹杂的小说,"浮萍"之类的字眼儿,于她眼下的处境,再合适不过。

就这样惶惶不可终日地到了旧金山,码头上根本没有见到前来接应的四叔。

只好自己硬着头皮闯。所幸跟着金文茜念了几句英文,略知一些生活用语,按着信封上的地址,找到了四叔的家。

当她看到墙上那个门牌号码与手中的地址无异时,一身的负担和不安顿时卸给了那个号码,马上在廊前的台阶上坐了下来。

但是房东说,四叔刚刚搬走不久,好像是搬到芝加哥去了,也许因为大清帝国驻旧金山的领事馆撤销,或是新领事馆不再任用他。

哪里是芝加哥?四叔去的是墨西哥!

但对房东怎能苛求?哪个房东也没有义务负责房客的未来,更没有义务负责房客的亲朋。这个随意的、不确切的回答,应该说是好意,看到前来寻人的女孩儿那样急迫、绝望,难道不该给她一些可以触摸的希望?

听到这个消息后,金文萱居然没有任何表示,只一味攥紧手里的小箱子。

有些人绝望至极不是哭泣而是无言,或不觉然地死下力气,或聪明才智瞬间得到生发⋯⋯此时金文萱是彻底明白了,金文茜也好,乔戈也好,眼下都不能与手里这只小箱子相提并论了。

到了这种时候,金文萱也不懂得节省开支,或是找个二星级旅馆住下。

也难怪，在北京，她只去过六国饭店或是北京饭店，完全不知道，也没见过前门、大栅栏、宣武门外的客栈、会馆……居然还像京城格格那样，出手阔绰，找了一家上等旅馆落脚。

她喜欢旧金山 Fitzgerald 酒店的高雅风情、美食美酒……满族人对酒的依恋，也未因流落他乡、前途未卜而放弃若干。

在酒店住下后，继续给家里或是乔戈写信、打电报。要命的是，无论信件或电报，都得不到回音。

惯于乐观、单一顺向思维的金文萱还把这个现象归结为通讯不便，而不是发生了其他的事。毕竟轮船要在海上航行两至三个月才能一个来回，也就是说，无论如何要等上两至三个月，才能得到回音。

不知道这是时代的错误，还是命该如此。金文萱哪里知道，几十年后，有一种叫作 e-mail 的东西出现，哪怕你在宇宙飞船上，一秒钟之内都可链接，难怪成了人人须臾不可离的怪物。

只是她的钱袋越来越瘪。这才开始埋怨自己对"钱"的了解过于肤浅，只知道"钱"是用来消费的，不知道"钱"是不会从口袋里源源不断、自行流出的。

等到北京汇款寄来，金文萱早因付不起房租被旅馆客气地请出了。她只得提着那个小箱子，开始了在旧金山大街小巷的漫游……

她更无从知道，除了汇款，并无寄给她的只言片语。

三

金文茜并没马上离开。她隐身在码头上的一个货堆后面，失魂落魄、视而不见地盯着即将起航的客轮，其实是在较劲、犹豫、权衡——自己真就这样李代桃僵,将三妹的爱情窃为己有?她又清清楚楚地知道,自己随时可能反悔,不能一走了之,如果即刻离开,怕是连反悔的时空也失去了。

谁知道呢?也许一个小小的理由,就能让犹豫不定的金文茜放弃这个具有无比诱惑力的"阴谋"。比如,三妹金文萱此时若能站在甲板上,眺望并寻找她的身影。

然而三妹是这样的胸有成竹,甲板上根本没有她的影子。她好放心、好洒脱啊,以为自己真是会朋友去了。是啊,金文萱从来就这样胸有成竹。想到这里,金文茜的心中竟涌起一丝无名的恨意。

她的心脏又跳动得如此不同寻常,像一个失去理智的人,根本不再受制于她,上蹿下跳,前翻后腾,骤然狂奔,骤然叫停。又像一个苦于言说的哑巴,终于找到这般方式,来发泄自己不知郁积了多少时日的喜怒哀乐、爱恨情仇。

猛然间,传来一声撕心裂肺的笛鸣,竟让从来不知何为恐惧的金文茜一惊。客轮在金文茜绝对不会有所结果的较劲、犹豫、权衡中起航了。起航的客轮,为金文茜的彷徨、犹豫作了交割。她稍稍松了一口气,好像她的一些歉疚,也被那不得不按时起航的客轮一并载走了。

轮船的影子,又的确在金文茜的期待中渐渐消失在海的远方。良久,又传来一声模糊的笛鸣,那该是最后的告别。

金文茜抿了抿嘴,像是对自己的鼓励,又像是认可了这个告别。

一个告别——不是与三妹金文萱的,而是与一个夙愿。

什么夙愿?金文茜也说不清楚。

为什么老天"总是"让她们遭遇同一个男人?无论如何,今生今世,金文茜"再"也不会将她的意中人拱手相让给妹妹了。

怎么会"总是"？

又为什么是"再"？

难道她们前世就是姐妹,并为同一个男人较量过,最后她不得不将自己的意中人拱手相让给了金文萱？

真是无稽！

尽管无稽,一旦金文茜与金文萱在什么问题上撞车,"总是"和"再"这一类具有历史资质的字眼儿,就会不由自主地跳将出来。

金文萱不大像他们这个从荒山野岭深处走出的民族的人,完全没有他们这个民族的刚烈狂野。可经常会有让金文茜"出生入死"的事情发生,然后金文萱不明就里地眨巴眨巴眼睛,算是交代。

好比那年秋天,树上的枣子结得真好,孩子们、丫头们看着眼馋,经常让当差的拿根竹竿给他们打枣,大家便仰着脑袋、张着嘴巴等在树下。金文萱不甘与他人等抢,便从地上捡起一颗石子自己动手。尽管这颗石子一颗枣也没有打下,却穿过玻璃窗,打在了金文茜的眼睛上。

从不舞枪弄棒、弱不禁风的金文萱,也不过七八岁的样子,却扔出这样一颗犹如长了眼睛的石子,直捣金文茜的眼睛,怪还怪在这颗石子穿窗之后锐利不减,几乎让她眼睛失明。

面对母亲的埋怨,金文萱反倒委屈地说出一句具有历史资质的话:"哪里比得了砍头。"

话虽可以这么说,可毕竟风马牛不相及。

难道金文茜砍过金文萱的头,而今是一报还一报？

为什么她们总是在许多重要事情上撞车,总是让她们处在

053

不是你、就是我的抉择中?

平时金文萱说话声音小得像只蚊子,祭祖的时候究竟先跪哪条腿也拿不定主意……那一次某王府前来相亲,哪儿哪儿也找不着金文萱,事后才知道她躲到热河一个远亲家里去了。而母亲已和对方有了约定,又是一位得罪不起的王爷公子,无奈之下母亲只得让金文茜顶替,反正她们是孪生姐妹,外人分不出所以。

不要说王爷的公子,就是与皇上相亲,金文茜也不肯了,她再也不愿意当皇后了。

什么叫"再也不愿意当皇后了"?难道她有过当皇后的难言之隐吗?

所幸金文茜会装疯卖傻,不动声色地移动两个瞳仁,将它们送进鼻梁,马上成了一个斗鸡眼。母亲看在眼里,急在心里,又无法制止,只得任凭金文茜胡闹下去。不过这一来,对方即刻就将她——实际上是金文萱——排除在了准新娘的候选人之外。

事后,母亲教训她说:"一个姑娘家,要有姑娘家的礼数。咱们这样的人家,怎么能这样胡闹!"

"您怎么不想想,您和三妹是不是比我更胡闹?居然让我冒名顶替,要不是我顾全大局,您早穿帮了!我要是不这样胡闹,对方选上我该如何是好?三妹不想嫁这户人家,难道我就想嫁?您为什么总是这样偏心?"

说母亲"总是这样偏心",其实很牵强。曾几何时,母亲这样区别对待过她和金文萱?当然没有,可金文茜为什么总有受到不公平待遇的感觉?

金文茜又认为,这一次代三妹金文萱相亲,最后没被相中,只是幸运而已,与被相中并无本质上的区别,所以说三妹欠了她一个大情,一个以她一生幸福为代价的大情。那么她现在李代桃僵,不说该当,至少该说事出有因吧。

今日一别,从此就是天各一方,什么时候再见,不得而知。即便最后真相大白,金文萱闹个天翻地覆,也是天涯海角了。想到这里,金文茜不免得意起来。

如果金文茜能够知道金文萱这一去便是沦落天涯,如果金文茜知道因为她的偷梁换柱,金文萱以及金文萱的后代才有了那样不同的人生,她还会这样得意吗?

就在金文茜和金文萱登船之后,乔戈急匆匆派人送信给金文萱。

正好金文茜在甲板上透气。即便头等舱也不够敞亮,让住惯了大宅大院的金文茜感到一阵又一阵憋屈。她又想在离别之际再看一眼生于斯、长于斯的故土,从此一别,不知何年何月才能重返。

恰巧塾师的儿子前来送信,在熙熙攘攘的人群中见到她时,那没见过世面的孩子像是卸了重任。又到底是孩子,也没细细分辨,冲着她就喊:"三格格,三格格,乔戈老爷让我给您送来一封信!"

金文茜既没应声,也没否认。如果不是乔戈的信,金文茜也许不会过心,也会马上转给金文萱,可谁让这封信是乔戈写给金文萱的?

即便如此,她也没忘了给那孩子几个赏钱。"好孩子,难为你了。要等回信儿吗?"

"没说。"

"那好,你回去吧。"

"是了,您哪。"满头大汗的孩子放心地走了,反正乔戈老爷就在离码头不远的地方等他,立马他们还得返回北京呢。

如果是别人给金文萱的信,金文茜绝对不会拆阅,而现在是不由分说,便拆开了乔戈给金文萱的信。

原来是让金文萱留下。那么她呢?她是留下还是继续上路?如果她没有拦截到这封信,而是金文萱收到这封信,结果会怎样?她就会独自踏上前途未卜的流浪之旅。这让金文茜心里很不是滋味儿,就像被他们——一个是自己的亲妹妹,一个是自己有所打算的男人——合伙儿出卖,尽管也许他们主观上并没有这样的恶意。

至于乔戈为什么变卦,又为什么突然让金文萱留下,金文茜来不及多想,只觉得乔戈让金文萱留下肯定有留下的理由,而这个理由,绝对不会是加害于金文萱的理由。

反过来说,对于将独自上路的她,那个不会加害于金文萱的理由,可能就不那么有利于她了,虽然谈不上"加害"。

以前她也感到金文萱和乔戈之间有点什么,可并没有放在心上。反正公平竞争,金文萱有的机会她也会有,况且她还没来得及确认自己对乔戈的感情到底是怎么回事,却不知他们的关系已经到了这个地步。也就是说,在此之前,以为自己还有的机会,现在不但没有,根本就失去了竞争的可能。

金文茜不甘而又痛心地想:又让金文萱抢了先!

为什么金文萱总是抢在她先?难道老天就不肯给她一次机会?

如今她哪一点不如金文萱?即便以"美貌"这个最为男人所看重的指标来衡量,她金文茜也是稳操胜券——如果说金文萱是闭月羞花,她就是沉鱼落雁,谁让她们是孪生姐妹!说到才智,她更是自认从来就比金文萱高出许多。

乔戈给金文萱的信,竟然交到她的手中。如此重大、又如此荒唐的阴错阳差,难道只是偶然?不是天意又是什么?老天爷总算睁开眼睛,给她一次机会了。

想到这里,金文茜狠下心来,决定将错就错。而要不了多长时间她就会发现,自己将错就错,真是错对了!不过这是后话。

金文茜与金文萱不同,到底她是遇事不惊又担待得起的女人。回到船舱对三妹说去"会会朋友"时,居然还能镇定自若、声色不露,离去时,更没有忘记带上她的手杖。手杖里,藏有父亲给她的半幅画卷。为了搭配这支手杖,她特地换了男式西装上路,出门时还十分得意:自己竟能想出如此稳妥的办法携带画卷,一般的脑袋,谁能猜到手杖里藏着东西?

真是世事难料。本以为,此去便是山复山、水复水,转眼之间,却偷梁换柱、顺水推舟,捡拾到自己惦念已久,而又不知道该不该得到的这份情。不过,偷梁换柱、巧取豪夺三妹所爱的事实,让金文茜不得不连连大换气,她被自己的胆大妄为压迫得快要窒息了。

当金文茜脚步轻快地去"会会朋友"时,谁也不知道,这个挥摇着手杖,一身西服革履、潇洒倜傥的"公子",其时已然五内如煎、魂飞魄散。她明知逆反伦常,但是为了爱,只得一咬牙,义无反顾地去赴那不是她、便是三妹的生死之约了。

金文茜是否真爱乔戈,恐怕她自己也不十分清楚。也许像商店橱窗里的一只玩具,一直喜爱而又不曾购置,现在突然不明缘由地掉在脚跟前。面对这个意外的惠赠,谁能不捡拾呢?不过也更是性格使然,喜欢冒险的金文茜,对"意外"这一类事情,总有一种无可抑制的冲动。

面对留下的金文茜,乔戈自是尴尬、惊讶,可又不算十分意外,平日里他又不是没有领教过金文茜的暗示。金文茜是开通的,她的暗示也就比较大胆。对此乔戈并不反感,一是照单全收,二是既装不明白又装明白,时而还会模棱两可、颇有分寸地回应一下,就像时不时得往炉灶里添些柴火,不然柴火燃尽火就熄了。不要说乔戈,换了哪个男人,能让金文茜这个要容貌有容貌、要派头有派头、要气魄有气魄、要家底有家底的"炉灶"熄火?

好比哪天金文茜一派真真假假、潇洒不羁地对他说:"一日不见,如隔三秋啊!"

乔戈就会说:"昨儿个不是还替小当差的给您买栗子去了嘛,让老王爷好一顿呲打,说我误了您的点儿。不过呢,有什么事儿您尽管吩咐,能为您效劳,那是我的造化!"买栗子当然是小当差的活儿,可这事儿要是不吩咐给乔戈,金文茜还有什么理由、机会和他搭茬儿?

"我要是让你卸条腿呢?"

"敢情。"

"敢情是什么意思?行还是不行?"

"行,行,行!别说一条腿,我这全身上下,就连命也是您的,您想卸哪儿就卸哪儿……"

话说到这里,就不雅了,乔戈连忙打住。分寸哪,在王府里当差也好,有朝一日做大事也好,靠什么得时得力?分寸!这分寸,既无价,又无本万利,真是他这等人的看家宝啊!

金文茜也是明白又不明白地说一句:"说得好听,咱们走着瞧!"

乔戈和金文萱,从来不这样讲话,如果说金文萱是风花雪月、小鸟依人,金文茜就是雅俗共赏、大江东去,什么时候都得分清楚,不能乱套。

所以对突然换了女主角儿的场面,乔戈这个弯儿拐得不很吃力,也不很生硬。

真的,与王爷家的哪位格格成婚,对乔戈来说,并没有原则上的区别,谁能说这不是一种奋斗向上呢?

一个乡下来的孩子,什么靠山都没有,又在这个是人都得叫"爷"的高台阶儿上闯生活,靠什么? 只能靠忍辱负重,而且苟且得像女人那样,尽管不很自觉、没有滥用,可也没有耻于利用自己在"姿色"上的优势。

他,一个堂堂男子汉,难道不知道这种事儿有多么地"下三烂"?

金文茜拿他当正儿八经的丈夫了吗? 即便结婚之后,对待他仍然像是对待下人,或是对待一件称心如意的玩意儿。

这就是乔戈比较喜欢金文萱的原因。

乔戈并不知道,金文萱的轻声细语,其实是性格使然;对他的依恋——看上去多么像是唯丈夫是从——不过是大多数女人的习性,从本质上讲,金文萱并不比金文茜对他多出多少尊重。

几个月后,金文茜收到金文萱从旧金山寄来的信。

作为一个足够有气魄的女人,金文茜此时也无法面对金文萱那封孤独无助的信了。她太了解金文萱,不论怎样,那样的生活,无疑是让她脱胎换骨、重新出生一次。

何况,短短两个月内父母双亡。父母亡故的原因,如何讲给金文萱听? 即便她有勇气对金文萱如实道来,也不过徒增她的悲伤而已,于事何补?

至于她和乔戈的事,能瞒多久就瞒多久吧。如果金文萱顺风顺水,让她知道自己与乔戈已经成婚倒也无妨,既然早晚得知道,那就长痛不如短痛。而现在金文萱孤身一人、生活无着、流落他乡,再说这些岂不为她雪上加霜?反正她和乔戈是私奔,没有举行正式仪式,一时消息闭塞,不要说无法传达到旧金山,就是在京城,知道的人也不多。

罢,罢,还是装聋作哑为上。

说到乔戈,事情既然到了这个地步,即便自己是被动者,也不好再与金文萱联络,同样只得装聋作哑。于是,除了不停地往旧金山寄钱,也是一行文字没有,所谓无颜相向。

邮局不久就回复说,旅馆查无此人,汇款如数退还。

面对这样一个回复,金文茜和乔戈各自背过身去,不是相对无言,而是相背无言地呆立许久。

金文萱去了哪里?

千山万水,又上哪儿找去?

现在,他们就是想对金文萱做些什么以抵消他们的一些歉疚,也无从做起了。

乔戈是有廉耻的,从这一刻起,他恨上了金文茜,不是她陷自己于不义又是谁?金文萱的来函,像是挑开一个大脓包,将脓包里的烂肉袒露在眼前……

乔戈受了刺激,也对金文茜十足地戒备起来,这个连自己妹妹所爱之人都敢夺为己有的女人,对毫无血缘关系的丈夫能做出什么?

这不是一般的疼痛,这是金文茜亲手在自己心上撕开的一个大口子。此时,她多么需要面对一个能够接受她忏悔的人。可是直觉告诉她,她不能向乔戈这个所谓最亲的人倾诉。

他们是合谋。一个合谋者能向另一个合谋者忏悔吗?见她遭此天谴,乔戈说不定还会称心如意。

金文茜早已感到,乔戈不但不是她避风避雨的港湾,说不定还是被东郭先生救生的那只狼。

四

金文萱默默跟在约瑟夫身后,进了他的热狗店。

约瑟夫把金文萱安置在卧室,自己则睡在了起居间的地板上。他的个儿太大了,哪张沙发放得下他那如希腊神话中哪位神似的身坯?

金文萱很过意不去,表示自己应该睡起居间的沙发。不知是约瑟夫听不懂她的英语还是不肯,反正他一言不发地躺下了。

见约瑟夫已然躺下,金文萱不便久留,只好回到卧室。

第二天一早,还没起床,他们就明白了他们面临的尴尬。所以早上见面时,彼此都有些不知如何面对。

约瑟夫想,这小女子即便昨夜有了着落,今天呢?明天呢?……他有能力把她留下吗?他当然不在意多一张吃饭的嘴,可是留下做什么?总得融入他的生活,不能老是这样语言不通,浮游在他以及周遭的生活之外。

所谓融入他的生活,当然不是娶她做老婆。那么除了在店里当小工,她又能做什么?约瑟夫可没有那么卑劣,请她进来避寒、过夜,是为了找一个老婆或是小工。

这可如何是好?

金文萱从昨夜走进热狗店那一瞬起,也没想过就此赖上约瑟夫。她之所以跟随约瑟夫进来,不过是昨夜的万般无奈。她最迫切的愿望是回国去,可是她有钱吗?不要说买一张船票,就是吃饭,现有那点儿钱,怕也支撑不了几天。到了此时才明白,她早就无权享用 Fitzgerald 酒店的高雅风情、美食美酒了。可为时已晚。

不过还是走吧,无论如何也不能赖在这里。

早饭很丰盛。想必约瑟夫已经想到,金文萱吃过早饭就会离开,希望为她多储备一些热量。

快要冻僵的人对温暖尤其敏感,何况这体贴又是来自眼前这个萍水相逢,分不清眼白、眼仁儿的男人,并且细枝末节到这个地步。

金文萱赶紧起身,穿上外衣,提起她的小箱子开始道别,好像再晚一点就来不及了。

很快,只过了不几天,约瑟夫就听说,有个亚洲女人昏倒在附近一条大街上,警察局只好暂时将她收留。

不用多想,约瑟夫就知道是金文萱;不用多想,约瑟夫就到警察局去了,说他认识这个亚洲女人,并表示愿意帮助她。办理了简单的手续,约瑟夫就把金文萱抱回了家。

当他抱着金文萱往家走的时候,就像抱着一只复活节的小兔子。此外,什么都没有,连欣赏自己做了多么慈善的一举的想法都没有。

偶尔,金文萱会睁开眼睛看看。她的眼睛像是瞎了,即便眼睛没瞎,似乎什么也没有看见。是因为过于饥饿吗?不,不仅仅是饥饿,那是没有一点希望之后的视而不见。

约瑟夫不是没有见过遭遇困难、孤独无助的人,可从没见过有人绝望到这个地步。到了金文萱这里,约瑟夫才知道什么是孤独无助,以前看到的都不能算。

对于他们的第二次会面,彼此什么也没说。

又有什么可说?情况就是这样的一加一等于二。到了现在,即便金文萱不想依赖约瑟夫,约瑟夫不想多事,也不能不接受一加一等于二这个现实了。

约瑟夫后悔过吗?不知道,也许。

但不是因为多了一个人需要他的供养。其实,金文萱根本花费不了他什么钱,他只是觉得多出了一桩事,而这桩事他又不能不管。不要说是金文萱,如果碰上一个男人绝望至此,他能不管吗?

可是一个男人要比一个女人简单得多。

对约瑟夫来说,问题就在这儿。

起初,金文萱什么也不讲,一天到晚只是守在楼上卧室的窗前看海、画船,或是写信、拍电报。

几个月后,终于收到一封让她不吃不喝,大病一场的信之后,才不再画船,也不再看海。

等了又等,始终不见有谁回复一个字,金文萱只好给塾师写信。塾师长年住在王府,到底出了什么事,肯定一清二楚。

塾师不明就里,将她走后王府里发生的事,一一如实禀报。这才知道,原来新娘不是她。

回去吗?金文萱不是没有想过,可她没有一分钱。即便她有钱,她有勇气面对那个伤心地,有承受被命运捉弄的能力吗?……

父母双亡。

母亲为什么自缢?塾师就语焉不详了。母亲不在后,哪里还有她的落脚地?而且,二姐不是很为难吗?……

有太多、太多的难堪无以处置啊!

不,不能回去,即便下地狱,也只能在这里下了。

金文萱开始学习英语。

很长时间内,除了她自己,别人无法听懂她的英语。但约瑟夫渐渐可以听懂她说的几个单词,这让他非常高兴,毕竟他们彼此可以用最必需的生活用语沟通了。

五

有家归不得,并不说明金文萱想在约瑟夫的热狗店里安营扎寨。

当初在旧金山下船时,曾在 Fitzgerald 酒店下榻,对那里的地形有些印象,有人对她说,那里距唐人街不远,往左,往右,再往前什么的。

加上约瑟夫多日调教,自以为对旧金山有了比较多的了解,金文萱便急不可待地去寻找华人聚集的地方,以为在那个与故乡有着千丝万缕关系的地方,总能找到一方属于她的天地——哪怕是一线天呢,也比没有好。

她居然找到了 Grant Ave。的确,到了唐人街,连空气都显得熟门熟路,进出鼻孔都比平时顺畅。真是到什么山上唱什么歌,连那些平时不大合意的汉人,都变得比在京城顺眼许多。尤其是那些别来已久的吃食,不分"青红皂白",先吃个够再说。

有些人在满足温饱之后就会挑三拣四。约瑟夫的热狗越来越让金文萱难以下咽,她忘记了如果不是约瑟夫的热狗,恐怕她早就饿死街头。

如今的金文萱已然务实许多,知道了天是高的地是厚的,却并不明白这个距离人类是不可冒犯的。以她眼下的条件,虽不可再去享受 Fitzgerald 那种等级的服务,可她那挑剔的习性,必经反复教训才能校正。

想不到,她听不懂唐人街上的中国话。响彻大街的广东话和福建话,竟比英文还难懂。

好不容易,在一家包子店遇到一个上了点年纪、穿金戴银、服饰艳丽的女人,很见过世面的样子,所以能通京白。

尽管不是满人,在遥远的异邦,也算他乡遇故知了。一向矜持的金文萱,故此变得极为多话。

谈到最后,出现了实质性的对话——

"你在这里如何为生?"

"有位店主收留了我。"

"他是你的相好吗?"

"为什么非得是我的相好?"

"不是相好怎么会养着你?"

"……"金文萱也不知道约瑟夫为什么收留她。

到了这种时候她也不明白,上帝并没有把博大的胸怀赠与所有的人,而是赠与了那些特殊的人。如此这般,她对约瑟夫的关爱,也就难以理解到位。但可以肯定的是,约瑟夫收留她,绝对没有"男男女女"的想法。在与约瑟夫日夜相处的时间里,她从来没有过一个女人与一个男人单独、长时间相处的不安全感。即便与乔戈如此朝夕相处,怕也不会如此……怎么又想起了乔戈。

见女人那样热心,她便跃跃欲试地问:"能不能帮我找个活儿干?"

"既然生活有着落,为什么还要出来谋生?他虐待你吗?"

"不,对我很好,只是不愿依赖他人。"约瑟夫对她再"好",那"好"毕竟是约瑟夫给的,不是自己的。自出生到现在,金文萱从没有过自己的"好",全靠父母荫庇,而如今,就是想指望父母也指望不上了。再不谋出路,难道把自己的将来也押在约瑟夫身上?凭什么他一辈子得背着这个包袱?

女人意味深长地笑了。

面对一个不知水有多深人有多险,放着好日子不过,把脸面看得比什么都重的狷狂之人,恐怕很少有人不发出意味深长的笑。

起始,女人并不一定想把金文萱如何,可是这种得了便宜还卖乖的人,不给她吃一番教训,那些真在旧金山卖苦力的中国人又怎么说?他们为吃一口饱饭所受的苦,她看得实在太多、太多。

事情有时就是这么怪,或许一个眼神儿、一句话、一个不经意的动作,命运从此就拐了弯儿,从此就是上天、入地的区别。

"你能做什么?"

女人看着金文萱葱白样的手指、粉嫩的脸庞,发出很怪的笑声。说那笑声阴狠吧,可又像是畅快的调笑。"能洗衣吗?能做饭吗?能帮佣吗?……"见金文萱无以应,顺势又道,"我倒是有个出路,不知你是否愿意。不过,你有亲人在此吗?没有,太好了!"

为什么"没有"亲人就太好了?金文萱没有多想,即便想了,也不会生出什么怀疑。

然后那女人像移民局似的,将金文萱的来龙去脉问了个底儿掉。面对这样的盘问,金文萱感到十分惭愧。她的履历太简单,除了在家当格格,什么经历也没有,显然不利于求职谋生。

"不要担心啦,我会帮你的。有一种女孩子做的事情,就是唱唱歌啦,帮忙招待一下客人啦……"

到了这里,孤陋寡闻的金文萱还是没有怀疑。如果当初在京城,随二姐金文茜多出去走走,也能把眼下的情况猜出个大概。

只要不再依赖约瑟夫就好,金文萱想。

然后女人就把金文萱带到了妓院。

一见那些男女的做派,一嗅她和金文茜绝对不会问津的脂粉气,一听那非同寻常的笑声,再一想那些调笑之词……金文萱的阅读经验联系了实际。尽管父亲严禁,金文茜还是把某些小说带回了家,想不到现在启发她的正是那些小说。她马上明白自己到了什么地方,怒喝一声,又给了方才还是相谈甚欢的女人一记耳光,便向大门外走去。

大门处,两个体格精瘦、目光猥亵、嘴唇黢黑的男人,胳膊一横,撑在了门上。此时此刻,"虎落平阳",也不能尽言郡王府格格金文萱的感受。她对着那两张汉人的脸,想,这就是那种不要的"脸",难怪先人们看不起汉人!

与之交谈甚欢的女人,拿到老鸨的钱就走了,走前,特地来到关押金文萱的地方,说:"你不是不想依赖他人吗?现在可以如愿以偿了。有你这样的好脸子,准能成为头牌窑姐,你就等着好好伺候那些男人吧。"

金文萱到底是满人。她收起无用的气愤、哭泣,没有重复大多数被迫卖入娼门的女人最后不得不屈服的故事,她选择了上吊。

正当她将绳索套上脖子的时候,门被撞开,约瑟夫和几个警察走了进来。

一见约瑟夫,金文萱不由自主地冲向他,并伸出双臂,投向他的怀抱。

可是约瑟夫冷着脸,一把推开了她。

这一推,对金文萱岂止是奇耻大辱!有那么一刹那,她的双臂,就那样蜷曲着僵在半空,好像她的双臂也被约瑟夫这一推尴尬得不能自已。

回到家里,约瑟夫看也不看她,冷冰冰地说:"希望不要再有这样的事情发生。"

"谁也不愿意发生这样的事,你又何必如此!"金文萱反倒觉得自己受了委屈。

约瑟夫说:"当初从警察局把你带回家里的时候,我对你的安全、健康、生活等等,是做了担保的。你这样为所欲为,一旦出了问题,法律就会对我治罪。"

真是神乎其神。在自己家乡,给那落魄、穷困之人一碗饭吃、给条活命,是积福积德之事,老天爷保不定还要因此回报你的来生,怎么到了这里,还要为那人的安全、健康、生活担保,闹不好还要负法律责任?原是救人,最后反倒落下不是……有这样的理吗?蒙谁呢?

"原来你担心的只是自己法律上的责任。"金文萱不但对自己闯出如此大祸毫无认识,对约瑟夫说的"首席责任"不是她,竟还有些许不满。

不知不觉中,她的口气已经有了撒娇的意味。一个女人一旦对某个男人开始撒娇,好戏跟着就来了。也许所有的女人,对拯救自己于危难之中的男人都会产生可以相托终身的依赖感,也就是从属感。

不管约瑟夫多么不想扮演英雄救美的通俗角色,金文萱却非要把他推上这个席位不可。如果女主角非要把男主角做这样处理,男主角还有多少发挥的余地?男人其实是没有多少意志的,尤其在美色面前。

可是现在,约瑟夫完全没有"接龙"的情绪。金文萱在唐人街上的经历真把他吓坏了,如果金文萱是男人,约瑟夫非给她几个耳光不可。

"随你怎么说。"

"我不过想找个工作,不要永远依赖你。"

"可以,但要通过正当渠道。"约瑟夫硬声硬气地说,硌得金文萱耳朵生疼。一个几乎抑制不住自己,强烈渴望给对方几个耳光的人,能柔声细语吗?

从此他们的关系变得十分生硬,谁也不和谁多说什么,哪怕是面对面地坐在早餐桌上。

约瑟夫的确后悔过。这样一个不但五谷不分,连世情都不分的女人,显然不宜相处。她愿意出去工作也好,从此为她留意寻找一份正式的工作。

试过洗衣妇。先是衣服洗不干净,老板对约瑟夫说,这样的女人哪里能用来洗衣?只能是个穿衣的小姐!金文萱不服气,用了力气使劲搓洗,一天下来,一件衣服也没搓洗干净,自己的手指反倒受了伤,回到家里,丝丝拉拉地对着一个个手指吹气。约瑟夫翻翻白眼,不但不闻不问,还特意扭过身去。

改为售货。头等香烟,却错收二等或三等烟的价钱。老板说:"等您自己开店的时候,再实行这样的善举吧。"

是心不在焉,还是不识英文数字?约瑟夫想。那些数字,不过是初级英语的学习内容,而她也学习得颇有心得,不是吗?

凡此种种,是一个不想依赖他人的人干的事吗?约瑟夫气得真想对她说:"你还是回去当公主吧!"

金文萱这才开始领教生活,再不提出去工作的事。

有那么一天,她讪讪地走下楼来,挽起袖子走进店后,动手洗那些用过的盘盏。

约瑟夫说:"谁让你来做这些?我不需要别人帮助。"

"不,不是帮助你,是帮助我。"见她讪讪的样子,约瑟夫心软了,开始教她如何洗刷,又叮嘱她不要打碎,免得割破手指……真还不如自己来洗,不但不省力,还得时时注意金文萱,不要她伤了自己。

这大概是后来洗碗机刚刚问世,约瑟夫就买了一台的缘故。

经过一桩又一桩的教训,金文萱用心起来,不但将盘盏洗得光可鉴人,有时约瑟夫忙不过来,还可以上灶,将火腿肠、洋葱丁煎得恰到好处,做一个漂亮的热狗。

就这样,金文萱慢慢学会了洗碗、做饭、缝衣,还有英语……尽管少不了打碎盘盏,扎破手指,烧煳什么,说错英语,让约瑟夫闹了不少南辕北辙的事。

不要说活在旧金山,就是活在世上的必需,金文萱也都学会了,而且做得不错。在异国的生活越来越自如,想起往日,想起乔戈,竟不再觉得痛不欲生。也许西人与国人的习性很不相同,她也随之变得率性、坦荡、开通,毕竟她的祖先来自高山峻岭、荒原大漠,而今不过像是回到她的本原。

六

天有不测风云,人有旦夕祸福。那一年,流行性感冒差点要了约瑟夫的命。

所幸金文萱没有染上。那时人们还不懂得,流行性感冒对于黄色人种并不具有绝对的杀伤力,而对白色人种,闹不好就能要命。

约瑟夫高烧不退,除了冰袋,没有医药可施,技穷之时,金文萱突然想起老家常用的土方。她脱去约瑟夫的衣服,将他翻转过去,自己则骑上他的背,用食指和中指的关节,夹牢脊椎骨两侧的穴位,顺着他的脊柱,从上至下,步步为营,又揪又拔,直揪得约瑟夫的后背像游动起两条紫蛇,直拔得他大汗淋漓……如是这般,一而再,再而三,累得自己瘫倒一旁。

而后又是姜汤,又是醋熏,闹得整个儿小楼像是翻倒了醋缸。

事后回想起自己的作为,金文萱感到极不好意思,幸亏约瑟夫当时重病在身,不知道发生过什么。

而对金文萱来说,却似乎发生了什么。这算不算"肌肤之亲"?一个女人,一旦与一个男人有了"肌肤之亲",从此就不能算是一清二白了。

不知是土方的作用,还是约瑟夫强健,他终于好了起来,但在一段时间内还是相当软弱,无法照应店里的工作。

这时,金文萱一改"穿衣小姐"和"善举"的形象,包办了热狗店从制作到营业的全部工作。消费者也似乎更喜欢这位"热狗西施",尽管金文萱不苟言笑,但似乎看看她的面庞也是愉快的。

正如将她卖入妓院的女人所说,金文萱有一张"好脸子"。

"妓院事件"后,约瑟夫和金文萱之间的生硬关系,至此才得到彻底的改善。

高兴起来,约瑟夫还会胡噜胡噜金文萱的脑袋。比起约瑟夫,不算矮小的金文萱,到底像个小偶人。

尽管金文萱地位可疑,既不是女佣又不是女主人,他们的生活却自此没了波澜,开始正常地向前滑行。

时不时,约瑟夫还会出去和女人过上一夜,毕竟他风华正茂。金文萱也是知道的,在女人问题上,有时还会为约瑟夫做些参谋。

当金文萱终于可以用英语与约瑟夫沟通时,他才知道了她的故事的大概,以及那半幅画卷的来龙去脉。

博大精深的中国文化，着实让约瑟夫叹为观止。好比金文萱从中国带来的那半幅画卷，若在西方，绝对不可将一幅画一分为二；如果一分为二，那幅画也就彻底废掉，再不能称其为画了……所以约瑟夫对金文萱那半幅画卷的顶礼膜拜，比金文萱更甚。

于是约瑟夫明白金文萱为什么老是关注芝加哥方面的消息了——尽管徒然，但是从未止息。

这大概就是约瑟夫后来放弃旧金山的生意，搬到芝加哥的原因。

约瑟夫对金文萱没有非分之想，或是说对金文萱没有感觉。他最讨厌的就是那些招摇撞骗的童话，也坚决拒绝扮演英雄救美之类的通俗故事里的角色。一个男人帮助一个女人，难道只有那样一种心怀叵测的结局吗？

这正是为什么当年金文萱无家可归、流落街头，而他犹豫不决，不知要不要帮助她。

有了这种意识垫底，即便有些什么，也会被约瑟夫不觉地扼杀。

也许金文萱是美丽的，但较之他所接触过的女人，金文萱真让他无所适从。就像后来第一次品尝金文萱烧的中国菜肴，他不能说不好吃，但是味道太怪，自出生到如今，他从没有品尝过这种味道。据说唐人街有不少中国人开的菜馆，但他哪里有时间、有兴趣前去品尝？

即便到了二十一世纪，还有不少德国人不肯吃大蒜，何况那时的约瑟夫。

金文萱从没有要求约瑟夫帮她寻找四叔，对约瑟夫说到以往,不过是所来何为的自我介绍。

四叔也好,乔戈也好,二姐也好,都已埋葬在记忆的深处,或是说她已经判了"以往"的死刑。是的,"以往"都死了。看似柔弱的金文萱,不愧是满人的后裔,生命的本质特征,还是一个"烈"。

几年之后,约瑟夫不声不响就决定搬迁芝加哥。对这一举动,他什么也没解释,金文萱也不问。

只是到了芝加哥后,对四叔的寻找却没有一点收获。当然没有,四叔去的是墨西哥。连与她通信的塾师——那位书呆子——回信中也只能说,据他所知,四叔已经离开旧金山,到了一个什么"阁"。

变化发生在搬迁到芝加哥以后。

渐渐地,每当约瑟夫回到店里,如果金文萱恰巧不在,他就会丢三落四。有一次,竟将未付款的账单原封寄了回去,而当对方再次催交账款时,他还把过错算在对方头上,认为是对方不负责任。起初,他以为自己老了,朋友说:"老什么老?你是需要一个家了!"

渐渐地,约瑟夫与女人做爱变得像是做作业,而且完事之后,总是若有所失。再不能像过去那样,做爱之后还能与女人有些缠绵。

而留在金文萱身上的目光,时间一点点地延长。但那目光绝对不是爱恋,而是疑问、不安、审度,后来才慢慢变了性质。

金文萱是有过爱情的,对爱情的萌生、感觉、呼应并不陌生,可不论她对约瑟夫多么感恩,也无法让自己爱上他。

尤其约瑟夫身上那股洋葱味儿,怎么洗也洗不掉,强烈得让她觉得约瑟夫本人就是一只洋葱。

对一般人来说,是不是一只洋葱也许并不重要。但对吹毛求疵的格格金文萱,却至关重要。

可正是这只洋葱救了自己……

直至她发现自己身上也渐渐有了洋葱味儿,才沮丧地想,也许在他人的嗅觉里,她也不过是只洋葱罢了。

克服对洋葱味儿的嫌恶,花费了金文萱很长的时间,最终是不是彻底改变,她也说不清楚。包括她最后是否爱上了约瑟夫,也是说不清楚的事。

可"爱"又如何?

远走他乡之前,除了珠宝首饰,还有那半幅画卷,金文萱随身携带的都是乔戈写给她的情书。现在看来,那些花前月下、诗词歌赋,不过是广告、标签,比起她对约瑟夫这份说不上是不是"爱"的感情,真是不可靠许多……早知如此,不如多带些珠宝首饰,也可救一时之急,让自己多苟延残喘些时日。

也许她和约瑟夫之间的感情才是爱情,尽管没有誓言,没有许诺,没有花前月下、诗词歌赋……可结实得像是几生几世也摔打不碎。

约瑟夫那副肩膀,才是一个女人最可靠的肩膀。

一九二〇年一个春天的夜晚,金文萱走进了约瑟夫的房间,默默躺下,自行脱下身上所有的衣衫……

约瑟夫似乎等待多年又似乎并没等待的这一天,终于来到。他那动荡多时的心,顿时安静下来。

在此之前,他一直觉得金文萱像个男孩儿,想不到一马平川的金文萱竟是这样的凹凸有致,只不过型号袖珍而已。

他痛心地想,自己从来没有想过给她买件女性的衣衫。如果说是他不懂得如何对待、打扮女人,那么金文萱在这方面也从不要求，常常是将他不能穿的旧衣改小后自己穿用。

直到触摸到金文萱实体的那个瞬间，约瑟夫才明白，那个让他心疼的"爱"，此前一直蜷曲在肥沃的心土之下，霎时间，就让他猝不及防、铺天盖地地伸展开来。

约瑟夫不乏与女人做爱的经验，只是与金文萱做爱却像初次体会男女之欢，无比渴望，无比胆怯，无比神圣，无比责任重大。

又苦于自己的"庞然大物"，生怕用力过猛伤害了她。然而面对自己如此心爱的女人，又怎能不激情澎湃……着实让他忐忑许久。可理智从来无法对抗青春的、物质的骚动，在极为错综复杂的心情中，约瑟夫完成了对金文萱从处女到女人的改建。

在这一改建过程中，金文萱感到了无比的欢乐。她一丝一毫也没有错过约瑟夫给她的快感——倾情的，也是体贴入微、呵护备至、做梦也做不到的。

金文萱想起他们相逢的第一个夜晚，想起一倒在起居室地板上就酣然入睡的约瑟夫，想起那顿丰盛的、所谓离别的早餐，想起市场上刚刚面世他就不声不响买回来的洗碗机，想起他不声不响就搬迁到了芝加哥……

在此之前，约瑟夫从来没有对她说过"我爱你"，也许他还没来得及说出，或是不愿说出。好比海洋，何须对人说：你知道我是海洋吗？

是金文萱自己投入了海洋的怀抱。

金文萱不再思考爱情。有了一个如此可靠的约瑟夫——即便天塌下来也不会让她受一点苦的约瑟夫，用不着她操心就将一切为她操心好了的约瑟夫——一个女人，还要问什么是爱情吗？

差不多十年以后,他们才有了一个女儿。

他们还有很多梦想,可是没等实现,就双双离开了人世,真应了那句"不求同年同月同日生,但求同年同月同日死"的话。

最后关头,当燃烧的天花板从上面塌陷下来的时候,约瑟夫将她和女儿推向可能得救的楼梯,然后伸出双臂,拼力撑住塌陷的天花板。可是火焰和浓烟封闭了楼梯,她们母女根本无法逃出。眼看一家人就要葬身火海,金文萱用毯子将女儿包了又包,又顺手将那半幅画卷掖进去,然后将女儿从窗口扔了出去,是死是活,全凭她的命了。

然后她转过身来,紧紧抱住约瑟夫。

火焰很快将他们包裹。

在火焰将他们吞没之前,约瑟夫只来得及对她说出一句话:"我爱你!一生一世……"

第四章

一

宣判死刑的当儿，安吉拉并没有大惊失色或昏厥在地，只是将目光向约翰逊先生投去。那目光不但无怨无悔，甚至非常平静，完全不像进入尾声状态，更不像她的为人。

听众席上的约翰逊先生，将脸埋进手掌，双肩颤抖得非常厉害。她把这一双颤抖的肩膀，看作了动情，是对她的爱。为了这双颤抖的肩膀，安吉拉觉得即便自己死去，也是甘心的。

到了儿安吉拉也不明白，在描绘她与约翰逊先生的关系上，很大程度上是一个她自己创作的、十分勉强的作品。

其实，那不过是一个少女虚席以待的爱。尤其对安吉拉那缺少色彩、光亮的生活来说，只要稍加颜色，谁都有可能在那个空位上落座。而动辄褪色的廉价染料遍地皆是，更何况有些男人在不必伤筋动骨的条件下，可以说是慷慨、真诚。所以说，一个虚席以待的座位，并没有什么非此即彼的一元选择，却被许多女人演绎为几世情缘。就连对虚无缥缈那一类事情嗤之以鼻的安吉拉，竟也不能幸免。

可不是！

如果没有遇见约翰逊先生，安吉拉不会生下托尼。想不到，连一个属于自己的姓氏都没有的她，却有了一个有名有姓的儿子，而且那个姓氏，是她如此珍爱的姓氏。

这是一个有着、有落、有根的儿子，不像她，到死也不知道自己的父母是谁。

而她的托尼，又是如此牢固地将她和约翰逊先生掺和在了一起。不管谁，哪怕是约翰逊先生本人，愿意，或是不愿意，都再也无法将他们分开。即便她死了，托尼仍然会把她和约翰逊先生掺和在一起。

如此，安吉拉怎能不放弃对生活的仇恨？

比如，在回答谋杀约翰逊太太的动机这一问题时，她不认为那是仇恨，而是因为约翰逊太太侵权，侵犯了她对约翰逊先生的爱的权利。

尽管律师说，约翰逊先生是约翰逊太太的丈夫。但安吉拉"裁定"，对约翰逊先生的爱，是她的专利，他人绝对不能分享。她无法制止约翰逊太太的侵权行为，只能采取绝对的方式，把约翰逊太太消灭。

这就是安吉拉在法庭上的全部辩词，并认为这个理由足够充分。此外，她再说不出什么。

安吉拉这样行为处事太不合乎常理。可世上到底有多少人的行为处事完全合理？只不过在他们成为囚犯、领袖等等公众人物时，人们才会以前所未有的热情，考虑、分析、演绎他们的所作所为。

当警察押着安吉拉离开法庭的时候，她扭过头去，一边踉踉跄跄地走着，一边对着大厅喊道："我爱你！就是到了另一个世界我也爱你……不，这不是他的错，是我……"

更让约翰逊先生无地自容。

当然不是安吉拉的错。可那又是谁的错?
约翰逊先生永远不会忘记第一眼看到安吉拉的情景。
光线从右侧的窗户射进,跳跃着、颤动着,安吉拉就被笼罩在了恍惚不定的光线里。这恍惚不定的光线,生生使一个具体的人变成了一道光泽。那光泽又不是来自争奇斗艳、姹紫嫣红,它是柔和的,甚至是软弱无力的。有一种浅淡的蜂蜜——约翰逊先生最喜欢的那种蜂蜜——就是这种光泽。不,不如说她本人就是一罐蜂蜜。

那双眼睛呢,却充满讥讽、怀疑、挑衅、对抗……

有谁看到过黑夜和白昼同时展现在眼前的样子?恐怕这就是了。

据孤儿院介绍,有位先生在芝加哥一条失火的街上捡到了安吉拉,然后就送到了警察局,警察局又把她送到了孤儿院。

她的名字,自然也是孤儿院给的,就像给她一个编号。不论是警察局或是孤儿院,都是不缺号码的地方。

"安吉拉",是一个广受喜爱的大众符号,一般来说,也是一个未曾精心斟酌的名字。而对这位"天使"安吉拉,这名字还有那么点讽喻的意味。

姓氏?没人愿意为她奉献一个姓氏,只好沿用捡到她的那位先生的姓氏,孤儿院或是警察局的登记簿上就有。

安吉拉来到警察局,是为寻找双亲请求帮助。
问及可有什么用以确认父母的依据,她说只有一张纸,那就是寻找父母的全部依据。
起始,约翰逊先生也不觉得有什么离奇,如果依据很多,还用得着请求警察局的帮助？更没想到自己、自己的后人,将来会与这张纸有什么瓜葛。

首先想到的是咨询那位在街上捡到安吉拉的先生。

查询这位先生也不难,警察局的一部分职能,就是保存各式各样、有朝一日不知道用得上还是用不上的资料、档案。

那位先生说:"不,没有,什么也没有,毯子里只掖着一张说白不白、说黄不黄、看上去十分残旧的纸。纸上有很多黑色的线条,偶尔有几个红色、镂空的方形图案。此外,没有任何文字交代。"

尽管什么线索也没有得到,可安吉拉认为,藏在她毯子里的这张纸,肯定包藏着有关她身世的全部秘密。

说得也有道理。只是谁也解读不了那张纸上的符号就是。

没人懂得那些线条的意思或识得那些红色镂空的图案,以为不过是张古怪的、未完成的绘画。由此大家猜测,也许安吉拉的父母与绘画界有关？

又到绘画界寻找。画家们看了那张纸都说,当然是幅画,又当然不是他们所知的任何一位画家所绘,更没有人知道这种绘画风格属于哪种流派、哪位画家,仅就芝加哥的画家而言,没人具备这样的风格。

有人说,那是刚刚开始于巴黎的一种流派。

难道还要到巴黎去寻找？

约翰逊先生说:"看来,你也许应该到巴黎去,请求巴黎警察局的帮助。"

安吉拉说:"也许吧,但目前还不可能。"

也咨询过一位所谓智者、预言家。老者将那张纸看了许久,最后说:"纸上的线条,可能是我们不了解的谶语。"

安吉拉说:"什么是谶语？"

"或许是诅咒,或许是预言,或许是祝福……上帝所为,芸芸众生如何解释?"

"会给我带来什么?"

"难说。"

"这张纸的最终结论就是'难说'吗?"约翰逊先生问。

老人笑笑,回答说:"差不多就是如此。"

....

他们已经回忆不起走访了多少部门、多少人,对这种明显的、不会有结果的奔波劳顿,约翰逊先生从未显出一丝不耐烦。

这大概就是后来即便被警察铐上手铐、押进监牢、上了法庭、判了死刑,安吉拉看着他的那双眼睛,依然充满敬意、信赖、爱意的源头吧。

在约翰逊先生的不懈努力下,他们终于得到一条最有价值的信息。

芝加哥市政厅的档案馆里,一对登记于早年的异国婚姻,引起了约翰逊先生的兴趣。是因为安吉拉那双像是印度人或蒙古人的吊梢眼吗?

一位来自德国,以经营热狗店为业的约瑟夫·汉斯先生,于一九二〇年迎娶了一位从中国来的女子,并于一九三〇年育有一子或一女。

警察局和孤儿院的登记簿上,有关安吉拉年龄一栏,正是两岁左右。

约在一九三二年,汉斯夫妇居住的那条街道发生火灾,从此他们下落不明,也有说汉斯夫妇可能死于那场火灾。关于他们的儿子或是女儿,没有只字记载,想必与他们一同失踪或葬身火海了。

但是,失火的这条街道,与捡到安吉拉的那位先生提供的地点完全不同,这让安吉拉和约翰逊先生又失去一个验证的可能。

是不是人们在抢救安吉拉之后,先将她安置一旁,继续救火去了。忙乱之中,又辗转被人安置他处,逐渐远离了现场?

或是捡到安吉拉的那位先生将地点记错?对这种猜测,那位先生回答说:"请问,你能将这样的事情记错吗?对不起,我没有失忆症。"

信息到此为止。

再查,无论哪个居民区的档案,也找不到这位经营热狗店的汉斯先生了。

市政厅的官员说,这并不能确定汉斯夫妇就是安吉拉的父母,因为中国城内许多华人结婚,并不到市政厅登记,其实那里的异国婚姻也不少。

的确,怎能断定安吉拉的父母,就是那对结为异国婚姻的男女?难道就因为安吉拉那对麋鹿似的吊梢眼?谁又能断定吊梢眼只为中国人所有?岂不知西班牙人、印度人的眼梢,吊得也很高。

安吉拉却受到极大鼓舞。由此她认为自己的父母还活着,即便有所意外,也不至于双双离开人世,或许他们搬迁到其他城市去了。

约翰逊先生是尽力的,最终却没有结果,所以他感到自己并未尽责,着实心有不安。"安吉拉,我感到非常非常抱歉!"

约翰逊先生不会知道,他这样一句平常的、一天之中也许会说上若干次的话,竟改变了安吉拉与这个世界的支点。

从她记事起,即便守在自己那块小得不能再小的位置上,也会被人理直气壮地一把推开,抢占或是抢行,却从未有人向她表示过歉疚。

想起孤儿院,没有别的——

饭堂里,永远是一股盐水熬土豆汤的味道。即便她已从孤儿院"毕业",并就业于纺织厂两年,一打嗝儿,还是那股盐水熬土豆汤的味儿。

不是蹲着就是弯着腰,擦洗地板或是楼梯上的泥垢,就连青春年少、经得起无穷折腾的腰肢、双腿,也没有不酸疼的时候。空气里,也永远弥漫着那些用以洗刷污垢的刷子泡在热水里的气味儿。

每一张朝向孤儿的脸,总是堆着虚情假意的笑。哪怕一张鳄鱼的脸,也比这样的脸看上去真实可信。

永远和各种各样的下脚料为伍,食物的下脚料自然不在话下……即便为工厂打杂,也是为工厂的下脚料打杂,哪怕是道正儿八经的工序也好。有时安吉拉想,如果世界上没有孤儿,那么孤儿院也好,那些虚情假意也好,那些下脚料也好,将如何是好?

如此这般,孤儿院里的人,几乎从上到下,用他们虚情假意的笑脸,从头到脚地告诉她、提醒她,必须牢记如何感恩。

…………

而约翰逊先生,却为找不到她的父母歉疚!

热泪盈眶的安吉拉,反倒安慰起约翰逊先生:"没有结果怪不得你。不论怎样,我对你永远心存感激。放心吧,也许我会去巴黎呢,等我有了钱。"

即便凶猛如兽的女人,一旦眼睛里有了泪,也就变得招人爱怜起来,更何况这泪珠来自一双麋鹿样的眼睛。

"你什么时候需要钱,尽管来找我。"约翰逊先生又说。

帽子从安吉拉手里掉了下来。约翰逊先生为她捡起,又放回一时变得木然的安吉拉的手中。

如果没有这一个瞬间,安吉拉可能不会那样轻易地放弃她对这个世界的戒备。

在约翰逊先生坚持不懈、无怨无悔、一年多的奔波中,安吉拉不知不觉爱上了这个仁慈、耐心的男人。她并不了解,她爱的其实是那一点人性的光辉,如果给她更多的机会,也许她就不会把知恩图报当作爱情,从而造成后来的惨剧。有时,知恩图报比爱情更有力。爱情常常会过时,一旦过了时,什么都能化解。知恩图报却不会,即便对爱情极端不负责任的人,也有可能为知恩图报执着一生。

也许安吉拉不懂什么是爱情,对爱情也没有那许多奢望,只知道世上还有这么一个人,温暖、柔软如一张毯子,并且覆盖着她,这就够了。而救苦救难的孤儿院,却连这样一张毯子都没有给过她。人有时需要的并不是"芝麻开门"之后的应有尽有,而是,仅仅是这样一张毯子。

她的确长大了,有了用作其他用途的"心",莽撞之中,添了点心机。

调查没有结果,也不妨碍安吉拉时不时到警察局来看望约翰逊先生——当然会有一些理由、一些事情,与约翰逊先生研讨。

比如,等她将来有了能力,如何为孤儿们设立一个心理咨询中心。

约翰逊先生想,她什么时候才能具备那个能力?就凭一个纺织女工?等她具备了那个能力再讨论这个问题也不迟。

比如,她该不该去学习绘画,继承父母的事业。

约翰逊先生又想,她怎么知道自己的父母是画家?就凭那张纸吗?即便那是一幅画,又如何断定就是她的父亲或母亲所画,而不是一幅买来的画?再说,那是绘画吗?……

有时,在周末,还可以看到安吉拉等在警察局或约翰逊先生的公寓外面,说是凑巧经过这里,等等。

警察局的同事开始开他的玩笑,都是很有内容的玩笑,让约翰逊先生好生尴尬。

如果事情至此倒也罢了,偏偏像是设计好的陷阱。

这样说,对安吉拉也许不够公正。那天她从工厂回家,时间过晚,被歹徒拦劫,几乎被他们强暴,亏她身高力强,可以抵挡一阵,直到有人报警。

也凑巧,那天约翰逊先生当班,自然赶了过去。这不过是他的职责,却成就了英雄救美的浪漫。

结果可想而知。

安吉拉主动上门,请求在她的休假日里义务帮助约翰逊太太料理家务,以作回报。

约翰逊太太见她一副诚意,加上有些贪图便宜,虽有一番辞谢,最终还是"引狼入室"。

从此,约翰逊先生家里怪事不断。

要是哪天晚上约翰逊先生正与太太做爱,电话铃就会突然响起。不接听,它就响个不停;拿起话筒,却没人回应。

如果不和太太做爱,电话从来不响,他就会有一个安安静静的夜晚,一觉睡到天亮。

星期天早上,卧室门会突然大开,安吉拉来上工了。即便睡前锁上卧室的门,也会没有钥匙就开,好像没锁一样。

"对不起。"她总是这样说,然后无辜地、笑眯眯地关上房门。

那该叫作"天使的微笑",因了这微笑,安吉拉才和"天使"拉上点儿关系,可约翰逊先生总觉得安吉拉有意如此。

那些夜半电话又是怎么回事?如此这般离奇,总是打进在他和太太做爱的时刻,就像有对天眼,掐准了他人根本无法掌握的火候。这等离奇的事,固然与安吉拉无法直接挂钩,不好算在她的头上,可她总不能脱开被怀疑的干系。

也就怪不得约翰逊太太开始对她心怀不满,准备辞退这个不着调的义务女工。

如果约翰逊太太能够当机立断就好了,可惜她过于犹豫。仔细想想,还是舍不得放手这个能干、不惜力的义务女工。

最终,那一天,约翰逊先生不知安吉拉在收拾洗澡间,进去方便,安吉拉反身就锁上了门。当然,太太、儿子们不在家。

她眼睛眨也不眨,直直地盯着他的眼睛,像个做爱老手,一点也不羞涩。

先是脱去上衣。她的乳房随之弹蹦出来,丰满却不臃赘,极富弹性、昂首翘立。仁者见仁,智者见智,尽管无人可以裁定它的优劣,但那傲视群雄的气势,却让约翰逊先生生出高山仰止的感叹。

最让他动情的是那乳头。两颗大小如珍珠——那种褐粉色的珍珠——一般的乳头,纤巧地镶嵌在那对倨傲的乳房上。

在这样的乳头面前,天下男人,不论哪位,也得失去自控的能力。

及至脱去内裤,裸露的全身便展现在约翰逊先生眼前,晃得他几乎睁不开眼睛,然后像一艘所向披靡的巡洋舰,向他开了过来。

即便事后,约翰逊先生也不承认那是情欲。那不过是征服,一艘巨型巡洋舰的征服。

最令他匪夷所思的是,看起来像个做爱老手的安吉拉,原来还是处女。

天主教徒约翰逊先生为此后悔不已,更觉得自己犯了大罪。

可他又不能不被安吉拉吸引。两情进退中,约翰逊先生既被安吉拉的爱吓得失魂落魄,又中了这爱的"毒",须臾不可离。

安吉拉的爱,对于约翰逊先生来说,委实可怕。

它的杀伤力,只有一样东西可比,就是警察局最近配置的那种新式手枪。

它的毒性之大,只有一种东西可比,就是令人家破人亡的鸦片。

这种情况,一直延续到那年的圣诞之夜,才骤然中止。

可是约翰逊先生又从这一恐惧陷入了另一恐惧。

那天晚上,约翰逊太太因病在床,不能与家人前去教堂做弥撒。而待众人回到家中,约翰逊太太已经身亡。

警方很快侦查出,凶手就是安吉拉。

原来,安吉拉趁大家去教堂做弥撒时,拧开了厨房的煤气。

对此安吉拉供认不讳,并说出了前面那番有关"侵权"的理论,还一再强调:"我从来没有想过要嫁给约翰逊先生,绝对没有!先生是虔诚的天主教徒,我尊重他的信仰……"

二

为了对公众舆论有个交代,警方将约翰逊先生开除公职。

对于这个处分,约翰逊先生安之若素,他的负罪感甚至因此有了些许解脱。这对他的家人是个交代,对安吉拉也是个交代,有这样一个处分陪着,安吉拉至少不会非常失落。

安吉拉没有留下只言片语,包括如何处置他们的儿子托尼。

既然是他的骨肉,法院有权要求他认领,总不能丢到孤儿院去。再说孤儿院也不会接受,毕竟这个刚出世的孩子是有父亲的。

如果把托尼丢给孤儿院,约翰逊先生也不能接受。从孤儿院出来的孩子,大部分会有各式各样的心理问题,这些心理问题必将影响他们的一生,很可能是他们一生不幸的源头——如果安吉拉不是在孤儿院长大,这些事可能不会发生。

可约翰逊先生已经是两个成年儿子的父亲,他不得不与两个儿子讨论如何接受这个新来的儿子——这个使他们想起可怕的往事,并使他们失去母亲的"标志物"。

儿子们沉默着。不接受这个托尼,天主教徒们将会因不仁慈而自谴自责;接受这个托尼,于情于理都过于艰难。

儿子们不能原谅他的所作所为。约翰逊先生能够理解,毕竟他们母亲的遭遇他是有责任的,就连朋友、邻居,有一阵子也疏离了他。

最后大儿子说:"你自己决定吧。"

好在两个儿子都已独立,用不着他费心,也用不着跟他住在一起。于是他接受、抚养了这个一生下来就失去母亲的托尼。毕竟,他是托尼的父亲。

即便死到临头,安吉拉也没有放弃寻找生身父母的固执。她郑重地把那张说不清、道不明的纸,留交法院收存。

法院问约翰逊先生愿意不愿意将这张纸与托尼一并收存,他避之唯恐不及地说:"就按安吉拉的意思,等托尼长到十八岁的时候,由孩子自己决定如何处置吧。"

那真是一张带来祸害的纸。

三

此后,约翰逊先生带着小儿子托尼,远离芝加哥,来到纽约,在第五大道上一栋豪华公寓里做了门房。

纽约真是个好地方。

在纽约,约翰逊先生和托尼,就像两枚细针扎进了泥沼,谁也不认识他们,谁也不想打听他们的过去。

如果没有那件怪事,应该说约翰逊先生和托尼的生活风平浪静。他们无声无息地活着,既不富裕,也不愁吃穿。

人到中年的约翰逊先生不可能不需要女人,也不是不想再婚。他对安吉拉的感情不能说没有,可与通常的两情相悦相去甚远。如果不是安吉拉闹得天翻地覆,他与安吉拉的婚外恋,绝对不会让他如此刻骨铭心。爱情一旦烈得过了头,就会变质。那种感情还能叫爱情吗?那叫窒息、打劫,哪个男人消受得了!

严整、极具安全感的约翰逊先生,常会让女人兴趣有加。

男女之间,两心若是相许,怎能没有缱绻的夜晚?那些夜晚,即便欲仙欲死、酣畅淋漓,大都平安无事,但只要进入实质性阶段,绝对翻车。

好比有个交往一年多的女人,当约翰逊先生决定与她结婚时,对方却突然得了失忆症,不要说和他结婚,连他是谁也认不出了。

又有一位宜室宜家的餐馆女侍,约翰逊先生与她已经步入教堂,婚礼也进行到了交换戒指的时刻,待伴郎打开盛有婚戒的盒子时,两枚婚戒却不翼而飞。新娘一怒之下,转身奔出教堂,成了货真价实的逃跑的新娘……

尽管他人看来这些事顶多是神神怪怪的意外,但只有约翰逊先生自己知道,哪里是意外?绝对是事出有因。

约翰逊先生不能不想起从前。当他和妻子做爱时总会有电话铃声响起,哪怕是深更半夜。不接听电话,电话铃就响个不停,拿起电话,又没人讲话……这些事件,尽管前前后后相隔多年,却给了他一种一脉相承的感觉,让他惊骇万分。

失忆症也好,不翼而飞的婚戒也好,还都算不得什么,要是她们当中谁再来个意外身亡,可就不得了。

他绝望地想,其实他一直生活在一种被人监控的状态、氛围中,想想安吉拉有关"侵权"的理论,以及她那"维权"的固执,这种监控恐怕一直会延续到他离开这个世界为止。

这不但彻底打消了约翰逊先生再婚的念头,就连他的一夜情也受到了影响,从中得到的欢愉,也越来越打折扣。

此外,约翰逊先生和托尼的关系始终半生不熟,亲近不起来。尽管他们已经一起生活多年,但他仍然觉得托尼与自己毫无关联,不知如何对待这个儿子,所谓骨肉、血缘,只是理论上的概念。

不知道托尼有没有这种感觉?应该有。约翰逊先生从来没有听见托尼喊过他"爸爸",而总是非常正式地称他"父亲"。

约翰逊先生似乎有太多的禁忌。到底什么禁忌?他也说不清楚,如果托尼不对他说什么,他不能,也不便问。

父子之间很少交谈。托尼的家长会,约翰逊先生参加的次数也很有限。

如果他不给托尼买点什么,托尼从来不向他索要。

托尼也不曾像别的男孩儿那样,要求约翰逊先生陪他踢一会儿足球,或是打一会儿垒球;晚上睡觉,道了晚安后就自行睡去,从未缠着约翰逊先生为他读一本儿童读物……

本以为青少年时期的托尼会像所有人的青少年时期那样让他头疼不已,加上安吉拉天不怕、地不怕的秉性会不会遗传给托尼也说不准,约翰逊先生先就担忧起来。谁想到托尼在学校里的成绩不错,从不与人斗殴,也不像那些问题少年装模作样地吸烟、酗酒以示叛逆,但也不大与同学交往,好像一下子就从婴儿跨进了青年,中间没有过渡。

托尼英俊、高大,永远一副不慌不忙、神闲气定的样子——

即便走在街头,也常有女孩儿搭讪,毫无必要地请求帮助:"先生,对不起,我的鞋带开了,能不能帮我拿一下手里的东西?"

或有女孩儿发出不知真假的惊喜:"好久不见了,怎么样,一起喝杯咖啡吧!"可托尼根本不认识这位"好久不见"的故友。

还有些,连理由都不准备,撞撞他的肩膀,说:"嗨,交个朋友。"

托尼是来者不拒,可对自己的言行相当负责。也就是说,他从未答应过什么,也不兑现什么,上来就讲清楚,目前没有结婚的打算。与心血来潮、先干完再说的安吉拉完全不同。

………

似乎样样都让约翰逊先生为托尼感到自豪。

对于过去,约翰逊先生只字不提。对托尼来说,"过去"顶好是死去了。可从托尼的某些言行来看,他对"过去"非常熟悉。

好比有样事情,让约翰逊先生颇为挂心。

托尼迷恋博物馆,没事儿就泡博物馆。如果托尼对博物馆的喜好有一个明确的方向,倒也让人放心。没有,托尼没有明确的偏好、倾向,各种各样的博物馆,哪一个都让他着迷。所以在约翰逊先生看来,托尼对博物馆的痴迷,像是一种寻找,是连托尼自己也不清楚目的为何的一种寻找。

心怀"过去"的约翰逊先生,难免为此多虑。

万一托尼在哪个博物馆里,又看到一张什么要命的纸,那将如何是好?

又,大学毕业那一年,托尼居然被好莱坞星探看中。但他断然拒绝了这个多少人求之不得的机会,选择了消防队员的职业。

问他为什么,他说:"对我来说,电影明星没什么意思。"

"消防队员有意思吗?"

"火灾给人们带来多少不幸啊!"托尼深思熟虑地说。

听到这里,心怀"过去"的约翰逊先生不禁黯然。

是什么契机使托尼做了这样的选择?难道安吉拉的父母真是葬身火海,而她又是火里逃生?有些事情,好像必须经过一代又一代的验证、一代又一代的确认,而最后能不能确定下来,还很难说。

难道安吉拉未了的一切,还要托尼来负责到底?这是谁分派给托尼的责任?

不过有件事又让约翰逊先生否定了自己的想法:托尼是不同的。

托尼十八岁那年,法院将安吉拉留下的那张说是绘画也可,说是一张奇怪的纸也可的东西,交给了他。托尼把那张带来祸害的纸放进阁楼,此后,这张纸再也没有露面,托尼更是不再提起。

"你不打算继续探究它的根源吗?"约翰逊先生问托尼——不如说是试探。

这张纸绝对是个不祥之物。从内心来说,约翰逊先生希望托尼永远不要掺和安吉拉的寻根之梦,谁知道在毫无结果的寻觅中,托尼会不会重复他和安吉拉的悲剧,或遭遇其他不幸?

"不。"

"那曾经是妈妈的心愿。"如果不是这张纸的出现,他们几乎不提安吉拉。

"对不起,对我来说,这张纸没什么意思。"

约翰逊先生暗暗吁了一口气,安吉拉的愿望怕是难以实现了。

晚年的约翰逊先生中风在床,从此只能在轮椅上过生活。

其他两个儿子前来探望一下就走了,反正有医疗保险公司,大不了还可以去老人院。然后就是电话里的嘘寒问暖,圣诞节也会像往常那样,寄些文不对题的礼物,仅此而已……也不奇怪,大家都忙着生活。

那天,为了够取炉子上的水壶,约翰逊先生从轮椅上跌了下来,壶里的水洒了一地。地上很滑,他试了几次,都难以回到轮椅上去。

坐在地上发呆,不知如何才能回到轮椅上的那段时间里,他不得不想,怕是到了该去老人院的时候了。不,他不感到悲伤,即便他的家庭没有后来的变故,两个儿子哪个也不可能照顾他的晚年。自立,永远是美国人的生命特质。看看周围的老人,不论老到什么程度,最后都是在自立中结束自己的一生。

此时,门却意外地开了,托尼走了进来。强健的托尼不费吹灰之力就把他弄回了轮椅。

"谢谢,谢谢!你来得正好,我正打算和你谈谈去老人院的问题。"

"谢什么?不要提老人院的事,你哪儿也不去,就待在家里。"不要说与那两个儿子的态度迥然不同,也一点儿不合乎美国人的人之常情。

"可是……"

托尼看了他一眼,那一眼虽是不惊不怪,却是不容置辩、极具权威的一眼,说:"可是什么?我马上搬回来住。"原来,这里还有另一个托尼,与他从前所知不同的托尼。

托尼换了一个大尺寸的电视,又将电视摆进约翰逊先生的卧室。

除非播放橄榄球赛,托尼才会带着几瓶啤酒走进他的卧室,与他边看边饮。

即便橄榄球赛拼得火热,即便托尼喜爱的球队输了,他也会安静如常,不像周围许多球迷那样,拍桌子打板凳。

如果他问托尼:"你说,哪个队会赢?"

托尼只是笑而不答。

此外,除了帮助他就餐、洗澡、如厕,托尼不进他的卧室。尽管生活不很富裕,托尼还是请了一个护工,以便他外出工作时照顾约翰逊先生的起居。

约翰逊先生这才知道,托尼的后背竟是这样宽厚。

背着他上下楼梯,背着他上医院,天气好的时候,还会带他到街心公园散散心。更为意外的是,时不时还会带他到酒吧喝几杯。约翰逊先生没有多余的嗜好,唯酒吧小坐尔——不是那种为白领准备的酒吧,而是蓝领酒吧。那里的豪饮才叫豪饮,别有一番痛快。因为下酒的小食,是各种嗓子里发出的、毫不掩饰的泄火——或欢快,或抱怨,或诅咒,或哭泣,或豪情万丈,或无声沉溺——汇成的声色,是缭绕的酒气、烟气、汗气、怨气……调制的桑拿,能与那些气味、声色同甘共苦一番,于心足矣。凡此种种,又像一个水泄不通的壳儿,密密实实地包裹着他。所以在这蔑视规范、推波助澜、水涨船高,说不定会被哪个因发泄至极而狂者所误伤的环境里,约翰逊先生反倒有了一种安全感。

可是回到家里,托尼又会一头扎进自己的卧室,与他毫不相关似的。

约翰逊先生难免失落。难道托尼对他关照如此,只是仁爱使然,没有亲情?从什么时候起,他开始盼望和托尼之间的亲情了?约翰逊先生问自己。

弥留之际,托尼一直拉着他的手,叫了一声:"爸爸!"这是托尼第一次叫他爸爸,接着又说,"我爱你。"

约翰逊先生流下了眼泪:"我能问个为什么吗?"

"因为妈妈爱你。她为什么爱你,总有她的道理,这道理差不多也该是我的道理。"这也是托尼第一次主动提起妈妈。

托尼怎么知道安吉拉爱他?

不过约翰逊先生知道,什么都不必担心了,不论对于"过去",还是他们之间的血缘关系,托尼自有道理。

托尼是什么?托尼是一块敦实的巨石。难怪上个世纪那些老房子,多半用这样的石头垒砌房子的地基。

约翰逊先生走得十分安详,也可以说是满足,尽管他根本没有闹明白,他是不是爱过安吉拉,包括托尼。

不论怎么说,安吉拉这份多余的爱,几十年来,让他伤透了脑筋。

四

第七大道那栋楼房的火势不小,为消防队的营救工作增添了许多困难。但在消防队员奋不顾身的努力下,被困在楼里的居民如数撤出。当指挥官发出可以撤离的命令后,托尼又在力所能及的范围内进行了最后的清查,看看是否还有未曾发现、有待救援的人……

果然听见一阵阵微弱、吃力的喘息和呛咳。幸亏他还没有离去。

循声而去,隔着火势,模模糊糊看到地上趴着一个活物。再向前去,但见一只狗,默默地、艰苦卓绝地向着可能逃命的方向爬着——它显然受了伤,无法奔腾迅跑。

托尼喊道:"嗨!这里。"

它听见了,也看见了托尼,明白了这里是它的求生之路,便调转方向,朝托尼爬来,仍然是不声不响。

或许这是一只残疾狗,比如失音,不然不会在听到托尼的呼叫后还是没有求救的表示。

尽管情势危急,生命垂危,但它既不狂吠也不哀鸣,只是一味地奋力爬行。

它那默默的、艰苦卓绝的拼搏,让托尼肃然起敬。他什么也没多想,穿过火焰,抱起了它……

就在此时,一根尚未燃尽、带着火苗的巨木落下,砸在他的腿上。托尼马上知道,他的腿被砸断了。可他紧抱着那只受伤的狗,生生用这条断了的腿,"走"到搭着云梯的窗前,翻过窗,从云梯上下来了。

事后,托尼自己都无法明白,这条断腿,居然为他干出如此了不起的事情。

后有媒体记者采访,说到自己的表现,托尼说这不过是他的职责,换了另一个消防队员也会这样做。他说:"如果问什么是消防队员的职责,好像就是拯救他人的生命财产,必要时甚至可以牺牲自己的生命吧。"

而且,如果没有那只狗,什么都不会发生,也就是说,他也就没有什么特别的地方。

托尼又一再声明,发现那只狗,只是撤离前的习惯使然,无论如何不肯承认自己有意为之。"你想,哪个消防队员在撤离之前,他的眼睛不会扫视一下四周?"

记者又问:"为一只狗砸断了自己的腿,关于这一点你是怎么想的?"

托尼说:"生命对我们有多么重要,对一只狗就有多么重要。"

其实,当医生为他接好腿骨、打上石膏,又为他处理了烧伤的皮肤后,第一个冲进病房的不是记者,而是被他营救的那只狗——像他一样的毛发焦煳、凌乱,腿上打着石膏。

狗儿蹿上他的病床,咬住他的衣袖,并将他的衣袖扭来扭去,嘴里不停地发出各种声音。

原来它不是哑巴。

托尼听得懂这种语言,那是天下有天良的动物在某种时刻的共同语言。托尼相信,在火焰中有着那样表现的狗,它此时此刻的情感,一定能让所有的人柔肠寸断。

"伙计,你真是一只勇敢的狗!"托尼对它说。

紧随其后的,是一位貌不惊人、连感谢的话也说不清楚的女子,一个就差一副眼镜的学究女人。否则她不会对已然十分清楚的从属关系,没有必要地自我介绍说:"嗨,我是托尼的主人,海伦。"

除了她,谁还能是这只狗的主人?

"你是说,它的名字叫托尼?"

"是的,这个名字不怎么有意思……给它起过好几个名字,它都不喜欢,只认可托尼这个名字。"

这时托尼伸出手来,和海伦握了握,自我介绍道:"托尼·约翰逊。"

海伦张大了本来就不小的嘴:"对不起,我不知道……竟有这样凑巧的事!"

"很高兴我们同名。你不觉得我们很相像吗?"

"……我和托尼都非常、非常感谢你!真对不起,为托尼让你受了伤。"

每当海伦说到"托尼"这两个字,托尼就得想一想,她是对哪个托尼,又是为哪个托尼说话。"你是说……"

"不,我是说这个托尼,我的托尼……"她忽然打住,这句话显然不大合适。

然后他们就没话可说了。为了表示她的感激之情,海伦不便马上走人,他们只得轮流抚摩着托尼焦煳凌乱的毛发。它的尾巴,随着两人轮流的抚摩,时而拍向海伦,时而拍向托尼,一副非常受用、打算就此安营扎寨的样子。

这种无话可谈的局面,让海伦感到不大自在,挨够了一定时间之后,便说:"谢谢你,真对不起,让你受伤……托尼,我们该走了。"

两个"托尼"都不禁抬头,朝向海伦。

"不,我是说这个托尼。"

可是海伦的托尼,无论如何不肯离开。它用潮湿的眼睛看看海伦,又看看托尼,往海伦这边爬一爬,退回来,又向托尼这边爬一爬,再退回来。

真是左右为难,它呜咽起来。

"那好吧,你先留在这里,明天我来接你。"海伦说。

这时护士萨拉走了进来,说:"对不起,医院不能同意一只狗的滞留。如果它需要治疗,请去动物医院。"

出于对医院规章制度的尊重,海伦的托尼只好无奈地跟着海伦走了。

然后萨拉开始给托尼换药。

如果此时有人看到这幅画面,都会认为是一张英雄美女图。

自古英雄爱美人,美人何尝不爱英雄?萨拉一下子就爱上了托尼,最是情理之中。

尽管有美丽的女记者以采访之名约见托尼,可有谁比得了萨拉与托尼日日夜夜的近距离接触?何止是近距离接触?萨拉每天都可以触摸托尼的肌肤,打针、换药什么的,或是说,托尼每天都可以享受美女萨拉的触摸。

可是……"可是"是节外生枝的一种过渡。

萨拉一旦不在眼前,托尼就感到有什么地方不对劲。

是因为她那双吊梢眼吗?中国人种差不多都有这样的吊梢眼,萨拉是一个地地道道的"ABC"。

不,不是因为萨拉的吊梢眼。托尼感到不对劲的地方,是某些时刻萨拉看着他的那种眼神儿,尤其是萨拉定睛看着他的时候。那时,托尼就觉得萨拉不是萨拉,而是另一个人。

谁呢?

但那人又好像不在看他,而是透过他在审视所有人的往生、往往生。这审视,似乎怀有异常神秘的动机。

托尼伤愈出院后,萨拉隔三差五会来他这里过夜。有个晚上,托尼三更半夜醒来,发现萨拉没睡,而是倚在床头,就用这样的眼神儿,目不转睛地俯视着他。

黑暗中,那两个闪烁不定的眸子,真有点让他毛骨悚然。

自己何以胆小如此?托尼也不能理解。他不怕火焰,也不怕死亡,可是他怕这样的眼神儿。

一旦决定与哪个女人一生一世相厮守,托尼绝对不会怀抱琵琶另想别弹。可如果他准备一生与之日夜厮守的人夜晚常常不睡,如果半夜三更醒来,又发现她总是用这样的眼神儿盯着自己……这日子还怎么过?

时不时地,海伦就得极不情愿地带着她的托尼来到托尼这里,不然她的托尼就会想出各种怪招儿,让她不堪其扰。

比如,藏起她的汽车钥匙,让她无法按时到学校给学生上课。你能想象一个经常迟到的老师,如何理直气壮地教育学生?

比如,不吃不喝。人们管这叫绝食。你能想象,一只狗,居然也会使用这种苦肉计?

…………

有时在托尼这里,会碰到喜欢睡懒觉的萨拉,穿着睡衣,睡眼惺忪地坐在餐桌旁,吃她的说不清是早餐还是午餐,一点不像内敛的中国人,反倒比美国人更美国人。

海伦的托尼似乎很喜欢萨拉,每每见到萨拉,都会摇头摆尾,极尽谄媚之能事。看来,连一只狗都懂得选择美女。

它甚至甩开托尼和海伦,与萨拉单独出行。为此托尼觉得海伦的托尼有些水性杨花,对一只狗来说,这真不是什么好品性。

不过总的来说,他们三个人,加上海伦的托尼,就像一个和睦无间的家庭,尤其他们一起上公园的时候,任谁都能看出,海伦的托尼有多么幸福,而不是他们三个人当中的某个人多么幸福。

每当他们三人分开的时候,海伦的托尼就显得痛苦异常,不知何去何从,要走不能走,要留不能留,让海伦颇费口舌。

如果不是那件事情发生,不知道他们的生活会如何继续下去。难道托尼永远不结婚,或是海伦、萨拉永远不嫁人?

萨拉热爱行为艺术,甚至自诩是个不错的业余行为艺术家。那次异想天开,竟然在海伦的托尼背上,文了一条奇怪的花纹。花纹很长,从它的颈部一直通向尾部。

海伦的托尼坐卧不安,不断扭动身躯,似乎总也找不到一个适宜的体态,又用尾巴拍打着地面,几乎没有停止过。

"是不是它感到疼痛?"托尼问。

萨拉说:"放心吧,这是一只狗,不是一个脆弱的人。再说刺在这样浅的表皮上,不过一时疼痛,我又不缺乏麻醉、用针的经验,很快就会愈合。"

的确,正如萨拉所说,那些针眼儿很快结痂,颜色变深。但事情并没有过去。

对自己背上多出的那条怪纹,不知海伦的托尼高兴还是不高兴,反正自文身后,有事儿没事儿它就发出沉闷的哀号,像是患了忧郁症。就连生活习惯也改变许多,比如随地排便,这在它是从来没有过的事。

那条花纹像是一个符咒,给人一种不安,甚至不祥的感觉。如果托尼一不小心将目光落在上面,心绪马上就纷乱起来,更有一种被围追堵截、陷入困境的感觉。但只要将目光从那花纹上挪开,心绪就会逐渐平复。

托尼想起萨拉的凝视,尤其是夜间的凝视。为什么会想起萨拉的凝视?这花纹与萨拉夜间的凝视又有什么关联?没有,当然没有,疑惑却陡然而生:到底,他有什么地方值得萨拉这样穷追不舍?——不过,穷追不舍的是萨拉吗?萨拉对他真的是爱,而不是另有所图?可又凭什么怀疑萨拉另有所图?在情爱这个"浮色"的后面,似乎还有一种比男欢女爱更具决定性的力量,就像一幅画作的底色……

这疑惑也许对萨拉不很公平。她看上去很是无辜,似乎并不了解那底色的性质,只知道致力于"浮色"的调制,也就有了一种盲目和徒劳。

也许萨拉所做的一切并没有什么深意。可是事情耐不得重复,一旦重复多次,就会变成规律。

很少发表意见的海伦说:"这很不好,你征求过托尼的意见吗,它是否愿意文身?你没有,因为托尼无法表示它的意见。萨拉,我们永远不能对一个无法表示意见的生命,为所欲为。"

"你怎么知道它不愿意?"

"你又怎么知道它愿意?"

"它当然愿意,不然文身的时候它为什么没有跑掉?"

"因为它爱你,不愿违背你的心意。"

"海伦,我有点儿奇怪,为什么你对一只狗这样多情?"

"这不是一只狗,这是一个生命。对所有的生命我们都应该尊重。"

当她们这样争论的时候,海伦的托尼就将脑袋深深埋下,又用两只前爪紧紧抱住自己的脑袋,好像她们的争论让它痛苦无比。

托尼虽然没有参加她们的争论,却觉得和海伦贴近了许多。

"文身事件"后,他们三人之间像是有了隔阂,不知不觉,相聚的机会越来越少。其实他们彼此并没有刻意回避,可不知怎么就败了兴致。即便相聚,也是无话可讲,冷场的局面过去也有,但在彼时,即便大家不言不语地听唱片,氛围也是温馨的。

曾经让托尼缠绵不已的萨拉,越来越让他感到隔阂。他没有拒绝萨拉来他这里过夜,可也没有邀请。即便萨拉在此过夜,托尼也是无所作为。这不是他的错,而是他的"二弟"总也打不起精神。这让萨拉十分不悦,还说:"你是不是应该去看看医生?"

托尼很受打击。可是当萨拉不在的时候,托尼的"二弟"常常会在梦中生龙活虎地露一手,以正视听。

海伦的托尼,也不再像过去那样追随萨拉。每当萨拉想要跟它亲近或是招呼它前去时,它的反应就比较迟钝、犹豫。

……………

情况更是急转直下。

早上,托尼听见门上有很大的响动,不像敲门,可听上去绝对是要他开门的意思。从猫眼向外看去,又看不到什么,门上的响动却十分急迫,他只好将门打开。

原来是海伦的托尼。

它怎么独自来了?

托尼马上意识到海伦出了事。病了,受伤,还是车祸?……外衣也没来得及穿,跟着海伦的托尼就上了路。

海伦的托尼在前面跑,他在后面紧跟。它一面跑,一面不时回头,看看他是否跟上。

跑了几条街?托尼记不得了,最终他们来到公园。

只见海伦没病没灾,正和萨拉坐在公园的长椅上谈话。谈的是什么?无从得知,反正一副已经了结的样子。

托尼与两个女人打了招呼:"你们在这儿!"又问海伦,"你没事吧?"

"没有啊!"海伦反倒奇怪,托尼为什么这样问。

一旁的萨拉哪里像个护士,绝对像个宣布庭审结束的大法官,还用一根手指挑着她的手袋,一左一右地摇晃着,很是得意的样子。

这是怎么回事?难道一向唯诚唯信的海伦的托尼,也变得如此无厘头了?

海伦的托尼,看出托尼的疑惑、不快,却不像往常那样唯托尼马首是瞻,一副城头变幻大王旗、千军万马都得听从它指挥的

103

架势。

"啊,你来了,是海伦的托尼把你请来的吧?"萨拉说,又回头看看海伦的托尼,完全没有把它看在眼里的样子,"那好,我该回医院了。对不起,我先走了。"随后吻了吻海伦和托尼的腮帮,准备离去。

这时,海伦的托尼,一嘴咬上她的裙裾,让她无法拔脚脱身。

海伦、托尼、萨拉,低三下四、轮番劝说,让它放开萨拉的裙裾,可它就是不撒嘴。

海伦就动手去拉,怎么拉也拉不开,换作托尼试试,还是拉不开。其实要说下力气拉,谁能拉不动一只狗呢?只怕把它拉伤,也怕把萨拉的裙子扯坏罢了。

他们彼此相对,叹了一口气,只好在长椅上坐下,想一想可有什么办法对付它。

见他们三人坐了下来,海伦的托尼便松了嘴,然后蹲坐在他们面前,开始嚎叫。每一声嚎叫都是从强到弱,再从弱到强,起起伏伏,拉得很长,听起来很是凄惨,惹得过路行人无不调头观看,让他们好不尴尬。

可是萨拉别想趁它嚎叫之时开溜。一旦萨拉站起身来,它就立刻咬上她的裙裾。

三人只好一筹莫展地听它嚎叫,从上午一直嚎到下午。大家又渴又饿,海伦的托尼更是嘶哑了嗓子,甚至有血丝从它嘴角流下。

海伦带了狗粮和水,但它就是不吃不喝。和从前要海伦带它到托尼家使的苦肉计不同,这回是真刀真枪地干上了。

托尼问:"怎么回事?你们到底把它怎么了?"

海伦说:"不知道,我们也不知道它为什么这么嚎叫。"

"是不是病了?还是带它去医院吧。"

"好吧,带它去医院。"

萨拉说:"你们带它去吧,我就不去了,我还得回医院上班。"萨拉当然没能走掉,最后只得一同去了动物医院。

兽医做了几项检查,说:"它很健康,没有病,就是咽喉出血,可能嚎叫的时间太长。"

"怎么才能让它停止嚎叫?"

"如果找到它嚎叫的原因就好了。"

嚎叫的原因?三人面面相觑。

出了医院,海伦的托尼又接着嚎叫起来。可他们真得去吃饭了,一天下来,海伦的托尼也许挺得住,他们却挺不住了。

找了几家饭店,都是拒绝宠物进入。

"那咱们就轮流就餐,你先去吧。"托尼对海伦说。

没等海伦离开,她的托尼就咬住了她的大衣。

反正谁也别想单独离开,谁打算离开,它就咬住谁的衣服不放,就这样熬到天黑。尽管它已经嚎不成声,还是不停地嚎着。

那越来越嘶哑的声音让海伦和托尼着实心疼。听着听着,海伦哭了起来,起先还是低声抽泣,最后竟肆无忌惮地大哭起来。

托尼不得不把海伦搂在怀里,一面为她擦眼泪,一面安慰她说:"不要哭,不要哭,它会好起来的!"

这时,海伦的托尼竟停止了嚎叫,用它的头,一下、一下抵着海伦和托尼的脚,之后又卧坐在他们脚下,看上去俨然是一个亲密的家庭——一对父母和他们的孩子,而将萨拉撇在了一旁。

萨拉像是突然明白了什么。海伦的托尼几乎焦虑至死,令她汗颜也令她感动至深,即便有天大的缘由,也只得放弃方才对海伦说过的那些话,这叫天不遂人愿,还是听凭天意吧。再说,这一切对于她,又有什么生死存亡的意义?她又何必坚持不已?如果是爱,这份爱对她并不那么重要,萨拉不乏男人的追求。如

105

果为了某种对她来说十分莫名的"其他",就更不值得如此伤及大家,尤其不该使自己落入如此令人嫌恶的地步。

她拍拍海伦的托尼,说:"我知道你为什么嚎叫了。别担心,我放弃,我放弃刚才说过的一切。"

海伦的托尼用尾巴使劲拍打着地面,像是明白了萨拉的所思所想,又像对萨拉的决定表示赞同,还像催促她尽快付诸行动。

"我走了,愿你们快乐。"萨拉说,然后掉头而去。

这一次,海伦的托尼没有咬住萨拉不放。它抬起头,用意想不到的清脆嗓音对着萨拉的背影吠了几声,像是道别,好像之前那嘶哑的、持之以恒的嚎叫不曾有过。

萨拉回过头来,向它摆了摆手。

海伦的托尼立刻不再嚎叫。到了这个地步,就是白痴,也明白了它嚎叫的原因。

不过托尼从没有问过海伦——你和萨拉在公园里谈了什么,让它如此伤心发狂?

从此一别,萨拉再没有出现。有时,托尼经过市立医院,不免向那医院一看再看,却从来没有碰到过萨拉,让他感到若有所失。可他知道,不论萨拉多么迷人,他是不会娶萨拉为妻的。

海伦也是博物馆的常客。那次他们相约了去博物馆看一个新的展出,托尼对其中一幅巨画十分着迷,像是被焊在画前,走不动了。

色彩的脚爪,数不胜数,纷纷从画面上游弋出来。那些如章鱼般的脚爪,伸向托尼,将他环抱在怀,并抚摸着他的全身,特别是头顶,那一处出生时本是开启着,而在婴儿时期又费了不少时日才将它关闭的囟门。在无数色彩脚爪的轻柔抚摸中,不知不觉,那囟门似重新开启,诸多从来不能得知的感应,便从这重新打开的囟门涌了进来。如此说来,囟门,难道不是一道接受天外信息之门?

托尼少有地凝神屏息起来。

对沉静的托尼来说,凝神屏息无疑是一种激动。接着,"动情"的感觉,排山倒海般地袭来……

为此,他们在博物馆逗留了很长时间,直到闭馆之时才不得不离开。可是走到出口,托尼又急匆匆地跑回去,对那幅巨画作最后的浏览。

从博物馆出来后,尽管走在华灯初上、车水马龙的街上,却像是在一个空寂无人的星球上漫步。

海伦说:"你舍不得那幅画,是吗?"

"它让我感动。"托尼没有说"动情"。他也不知道自己在回避什么。

"如果你真爱它,我可以向祖父请求,将它赎回。"海伦不明白自己为什么竟能这样脱口而出。

"你?"

"是的,那是我家祖上传下来的一幅画。我们属于爱尔兰一个古老的家族,拥有过令人羡慕的地位、古堡、财富……当然少不了一代又一代收藏下来的绘画,还有为精美生活提供的奢侈品。你刚才看到的那幅绘画,其实是属于我曾祖父的,他最后被杀死在古堡的钟楼上。凶手是谁?为什么被杀?不得而知……据说那幅画里藏有神秘的暗示。什么暗示?又没人说得清楚,也许关于命运,也许关于财富,也许关于神灵……可是曾祖父被杀之后,谁也没有从这幅绘画里找到什么暗示。家道也很快衰落,除了古堡和一些艺术品,包括这幅绘画在内,其他没剩下什么。

"小时候,我经常端详这幅绘画,里面究竟藏着什么?……也许那只是一个传说。

"其实,很多事情是人们想象、演绎出来的,我不相信当初这幅画有这么复杂。比如,在我没有说明它的身世之前,你对它的感觉,肯定和我们家族的解释不同。是谁先编造出这样一个耸人听闻的故事?又为什么这样做?……也许有他的原因,我们怎能知道?

"到了祖父这一代,包括父亲和我,已然没有了将古堡和这些艺术品作为家族财富继续下传的愿望,更不想带进坟墓。所以那座古堡,连同大部分艺术品,都被祖父捐献给了博物馆。祖父总是说,凡事不可过于痴迷,过于痴迷,就会带来不幸……"

就在这一刻,上帝替托尼做了选择。

不知海伦对于曾祖父那幅画的解释有多少可信度,更不知海伦是为他排遣还是为他导读,反正自海伦对曾祖父那幅画作了不知是有关哲学还是艺术还是人生的长篇大论后,她在托尼眼里,也变成了一幅画,一幅经得起推敲的画。尽管在不同角度、不同光线下展现的魅力不同,可是并不费解,只是永远让他感到新鲜而已。

而情爱,应该是留有余地的。

于是这两个初始并不十分投契的人,最后却结成了夫妻。

托尼娶了相貌毫不出色的海伦,让那些美女大跌眼镜。她们说,如果非要说海伦有什么出色之处,还不如说她的托尼出色,她是沾了她的托尼的光。

仔细想想,就会发现这种论调大错特错。单从托尼对待安吉拉留下的那半幅画的态度和对待海伦这幅"画"的态度,就知道他最后会做什么样的选择。

他们平静地结了婚,平静地生了一儿一女,平静地过着日子……平静得就像教堂里的赞美诗。

不平静的只有海伦的托尼。每天清早,它都在急不可耐地等着海伦和托尼醒来,然后就是雀跃不已,总像与他们久别重逢的样子。直到老态龙钟的时候,照旧不管不顾、上蹿下跳,难怪医生说它死于心动过速。

海伦的托尼死于一九八五年,那一天,恰巧他们的儿子亨利出生。亨利出生的喜悦,多少转移了托尼和海伦,还有女儿毛莉失去它的哀伤。

他们的儿子亨利喜爱垒球运动,是全美最有名的投球手之一。尤其当他跃起接球的时候,有个姿态总让海伦想起她死去的托尼。其实亨利成为投球手的时候,它已经死去多年。

只是女儿毛莉有点奇怪,天生不爱男人爱女人,也不喜欢读书,中学没毕业,就自找门路过生活了。

毛莉做过许多工作,好比医院的护理员。院方很喜欢她,因为她的力气比一般女护理员大,搬运病人是个很费力气的活儿。但是她吸烟太多,而医院禁烟,她又不能改掉吸烟的习惯。

她当过火车检票员,后来又做了清洁工,每周或两周,到某户人家打扫一次卫生。她很喜欢这个自由的、不必按时上下班的工作。

两个孩子都没有受到高等教育,但个个都是知足常乐的派头,很像他们的父母。

第 五 章

一

乙酉年末,普天华人同庆的那个夜晚,叶楷文婉谢了几个饭局,又放弃了与某个所谓上流社会的女人共进烛光晚餐的机会,径自留在家里,洗手、研墨、展纸、写字。

谁能说这不是度过除夕最好的方式?

他总是觉得,"来日方长"的说法相当的不负责任,让人们以为还有大把的时间可以挥霍。其实对任何人来说,一颦、一笑、一行、一止……都是有去无回、永远不再的风景,都是永诀。

如此这般,他为什么不挑选自己最喜爱的方式,度过每时每刻?

说不定明天他就没有了写字的兴致;

说不定明天写出来的字就没有今天写的称心如意;

说不定明天就会发生车祸,让他失去右臂;

说不定明天医生就对他说,你的右臂患了骨癌,必须立即切去,从此以后,就是最蹩脚的字,他也写不出了……

说的都是比如。

可说不定哪一天,那些"说不定"就会变为"既成事实"。

好比那年去龟兹,几乎丧命不说,死而复生之后,他那男人的顶梁柱突然就委顿下来,此后便像去了势。

比起所有的"说不定",对一个男人来说,再没有比它更大的锥心之痛。

想当初,真是杀遍床上无敌手。

如今,他想要个女人,或明媒正娶个女人回家,已非难事。哪怕去了势,几百万拍在她们眼前,看哪个女人还有嗓子高喊"女性""女权"?君不见那些大太监,不是照旧"娶妻生子"?问题是他自己丧失了"性"致,干脆说,看哪个女人都不上眼。如果知道有朝一日自己竟变成这样的残疾,还不如青春年少时抓紧时机多干几场。

叶楷文对"眼前"的参悟、珍惜,可能就是由他对"说不定"的迷信而来。同样,这也可能是他来美国定居的一个重要原因,而并非人们所说的羡慕西方的物质生活。

在国内的日子已经相当不错,而他喜欢随心所欲。可是偏有人不但自己不随心所欲,也不许他人随心所欲,于是举手投足都得忍受人们的"说法"。

而在纽约,谁也不管谁。自由自在到即便死在当街,除非警察,也没人会关心他的死因——是吸毒、自杀、他杀,还是心脏病突发……看起来相当无情无义。可话又说回来,无情无义难道不比假情假意更好?

叶楷文认真地洗过手之后才去打开锦盒。从锦盒里郑重地取出一块墨,像守财奴检阅自己的财富那样,怎么看也看它不够。

他虽不是书法家,墨却是块好墨、老墨。尽管墨衣皱裂,内质品位依旧,轻轻击叩,似玉珮相击。干脆说吧,在他看来,好墨即是一块好玉。

卷起袖子,在墨池中点入些许清水,将墨块探入墨池轻轻研动。随着手腕悠悠转动,墨块渐渐散发出清凉开窍的麝香味儿。

说起来有些夸张,每当烦恼无名之时,嗅一嗅墨香,竟成为叶楷文消解烦恼的妙方。

他的书法谈不上高明,但这块墨却为他的书法增色不少。用它写出的字,每笔每画都泛着紫黑的幽光,那落笔、运力蕴涵不多的字,便有了一种资质深藏不露,却又显出不可等闲视之的高妙。

不像那些廉价货,墨色极黑,无论用于写字还是作画,都极乏层次,何谈韵味?不是行家不晓得,以为凡墨即黑,既黑即可,岂不知区别之大,就像面对此生难再的真迹与遭遇赝品的无聊。

宣纸也是多年前从中国带回的,现今该算是品质上乘。

有道是好马还须配好鞍。

所谓文房四宝,缺一不可。如果只有一方好砚,笔、墨、纸皆等而下之,可不就像偷儿穿了一件偷来的乔治·阿玛尼上衣;或是晚宴上的餐具、酒具、酒水、菜式……无不精美,台布、餐巾却是人造纤维,餐台上的花是塑料制品,服务生的袖口上有油渍……

之后,他又从笔架上取过一支长锋笔,在砚池里轻蘸几下,又在池沿上反复舔着,那支笔渐渐就像有了思想……

突然就想起毛莉第一次来家里打扫卫生的事。

他从未告诉毛莉如何收拾他的书案,而且一般来说,他也不愿意让清洁工来整理他的书案。别看他的书案很乱,但是乱中有序,自有条理。可是那天突然接到一个电话,必须马上出去办事。由于离去匆匆,没有来得及向毛莉交代不要收拾他的书案。

没想到,回家时书案上的东西有规有矩,就像他自己偶然兴起收拾的一模一样。最奇怪的是那些前夜用过,只是匆匆冲洗而又冲洗不甚彻底的毛笔,每支都用清水漂洗过,涮得干干净净,并悬挂在了笔架之上。

真是不可思议。

二

应该说他和毛莉·约翰逊有缘。

他们之间的关系,可能是相当理想的雇主和佣人的关系。毛莉对他绝对没有"灰姑娘"之类的梦想,叶楷文也不曾想过与女佣"一夜贪欢",当然他的"二弟"不行了也是个原因。而毛莉不但不是"灰姑娘",也不是姑娘,毛莉是"男人"。

那一次叶楷文给职业介绍所打电话,想找一名清洁工,说好第二天面试。可是毛莉打来一个电话,说是非常抱歉,临时有事,无法前来。

好在他并不急于用一个清洁工,也就放下了这件事,一放就是几周。再次联系职业介绍所,对方问他,是继续与毛莉的约谈,还是另选他人?据职业介绍所的人说,在此期间,毛莉不是没有其他机会,可她一直坚持必须与他面试之后才能与其他雇主面试,除非他取消这个意向,并且说,未能面试都是她的责任。

换了别人,可能不会对这个毫无肯定结果的约定承担什么责任,因此叶楷文认为毛莉是个有点儿职业道德的人。

与毛莉的面试也不太寻常。毛莉一见他就高高地挑起眉毛:"天哪,家里人都说我长得谁也不像,原来这里有个人和我相像!"

他一回神儿,可不,毛莉不过比他的头发颜色稍浅,同时多了一对乳房而已。

后来才知道,毛莉的女朋友那一阵儿闹情绪,非要与她分手不可。对毛莉来说这是非同小可的事,她必须为挽回她们的关系做一定努力。最后的结果好像很不理想,所以毛莉初到时情绪低沉,沉默,吸很多的烟,工作态度并不十分积极。

没想到毛莉第一次来打扫卫生,就给了他如此一个意外。

他问毛莉:"你以前为中国家庭工作过?"

"不,这是我头一次做清洁工。从前我是火车上的检票员,按时按点上下班。但是我的女朋友说她不喜欢那样教条、有时还得上夜班的生活,我只好辞职……她最终还是离开了我。不过我现在喜欢上了清洁工的工作,它使我对时间有了不少主动权。"

"那么你又怎么知道,我书案上的东西,哪一样应该摆在什么地方呢?"

"我根本不知道。就那样摆了。你说好,我又怎能说不好?"

毛莉是个不大喜欢甜言蜜语的人,话也不多,从不好奇他的所作所为。不像从前用过的女佣,不是废话连篇,就是打探他的生活,尤其好奇为什么没有女人在这里过夜。好像她们特别希望有女人在这里过夜,而一旦有女人在这里过夜,她们也就有了机会似的。

而毛莉,你就是给她个好话她也不怎么领情。给她好话她那么干,不给她好话,她也那么干。

他那杂乱无章的公寓,竟被毛莉拾掇得窗明几净、纤尘不染。来访的哥们儿总会单刀直入地调笑他:"你是不是有位神秘伴侣?不然,一个单身男人的公寓,怎么比女人的还整洁?"

三

叶楷文的书案上,除了笔墨纸张,什么装饰都没有,连一盏台灯都没有安放,为的是尽显书案的品格。

当年他刚到纽约,走投无路,那是一分钱难倒英雄汉的落魄。整天在街上逛荡,希望捡到一个什么救命的机会。

那日又在莱克星顿大街上闲逛,却鬼使神差地进了一家寄存公司。

起先,他不过对这张书案瞥了一眼,并没有看出它的好歹。它就那么灰头土脸,被遗弃在寄存公司的一个犄角里,压在许多旧家具的下面。那些家具哪一件都比这张书案打眼,有些甚至相当浮华,大多有些来历,比方出品的时代,说起来都是如雷贯耳。

这些旧家具,大都是当年住在曼哈顿的人家搬离时不便带走又舍不得丢弃的,只好付一定费用,委托这种公司代为保管,待日后在某处定居再来搬运。

人世沧桑。由于各式各样的缘由,人们不得不一件件丢弃曾经的拥有。何止是家具?哪怕是皇上老子钦赐的宝物,也只好罢手。于是这些家具就成了无人认领的孤儿,寄存公司的库房越来越满。

曼哈顿的地价是什么地价?哪是"寸土寸金"?那是"寸土寸钻石"!所以寄存公司价格极其低廉地就把这些积存的家具,打发给愿意认领的人家。

他为什么会在这张书案前驻足?

世间每一事物的存在、发生,其实都有缘由,只是人们不求,或无法求其甚解罢了。

发生在叶楷文身上所有的改变,比如,一旦想到五塔寺哪个砖缝下有个小乌龟果然就有一只小乌龟,梦见某人而某人便可能不久于世等等,都不如他突然具有了对中国古董、字画方面的鉴赏品位——说得不好听一点是嗅觉,是独具一格、极端到位、万无一失的直觉——让他今非昔比。

而这个改变的真正显现,正是从这张书案开始。

买回家里细瞧,才看出书案的不凡。真正的明代风格,真正的海南檀木。这样的珍品,在中国内地早已难觅。

叶楷文不是没有见过檀木——"文化大革命"期间,在那些被抄的资本家家中。可惜那时不懂古董的珍贵,不是砸了就是当柴烧了,现在想起好不后悔。

即便当过红卫兵,有过想抄谁的家砸开门就抄的特殊经历,也没见过如此贵重的檀木;即便见到,也不过一对"盲眼"。如果不是后来开了"天眼",怕也只能与这张书案擦肩而过。

拂去浮尘,书案呈暗紫色,未曾油漆,自然光泽,天生丽质。难怪那些檀木家具从来一副"素面朝天"的派头。

他不禁俯下身去,像是高度近视,不趴在上面就无法看清;又像一只猎犬,不厌其烦地嗅着书案上的每个榫头、每块板面……竟有暗香浮动。

看来,不仅是寄存公司不懂红木以及明代家具的风格,即便莱克星顿大街上的老纽约,怕也少有内行。唐人街上也许能有一二,但他们根本想不到去莱克星顿大街的寄存公司淘宝。八十年代初期,还是第二代移民的天下,他们多数从南方沿海一带过来,以开饭馆或开杂货店为生。就连他,还不是歪打正着!

叶楷文从没期待过这样的机会再现。这样的机会,一生能有一次,已是天大的运气。

不过人们对自己遇到的奇迹,总会有些念念不忘。而奇迹有点像美味,可以一尝再尝,不像女人,再美也有红颜老尽、不堪回首的一天。所以闲来无事,叶楷文还会到莱克星顿大街上走走,到那家寄存公司看看。

也难免好奇地打探:书案留在这里多少年了,能否知道书案的旧主等等。

寄存公司的人嫌他少见多怪:"我们公司的老板都不知换了多少茬儿,谁还能说出张桌子的来历?"

也向现任老板查询过当年收进这些家具的账本,老板说早就没有了。但在他一再坚持下,老板终于在尘封的柜子里找到几本残缺不全的旧账簿。他在那浩瀚的名单里(想必其中许多早已上了殡仪馆的花名册),终于查到一个名字:X. X. Jin。叶楷文想,这肯定是一个中国人的名字,说不定这张书案的旧主就是这位 X. X. Jin。

辛亥革命之后,王公贵族大多失去了往日的政治经济地位,想在社会上谋个差事很难,用人方一听是满族就不聘用。为了隐去旗人身份,他们再不能保持旗人只称名、不道姓的传统,必须像汉人那样将姓名连写,才能混同汉人,去谋得一条生存的途径。

皇族近支,大多选用"金"姓,寄存书案者,怕是皇族近支吧。

此后,叶楷文时不时就去寄存公司查看那些旧账簿。那毫无目的的浏览,似乎给了他无穷的乐趣。

寄存公司很快就从莱克星顿大街上蒸发了,就像出现在他眼前那样突然。

叶楷文对书案的了解,也就到此为止。

说毛莉是个"宝",时不时就给他一个意外,也包括她对这张书案的态度。

头一天上工,彼此刚问过好,毛莉转过头来就盯上了这张书案,然后说:"啊,这张桌子在这儿啊!"口气大得、熟悉得,就像书案是从他们家搬来的。

"你见过这张书案?"

"当然。"

这真是"踏破铁鞋无觅处,得来全不费工夫"。叶楷文高兴得不得了,原本是找一个清洁工,想不到却找出这样一番天地。

"在什么地方?"

"不知道。"

叶楷文愣住了。这位毛莉如果不是信口胡言,就是有点儿二百五,面试的时候怎么没发现她有这方面的问题?

四

叶楷文一路体味、琢磨、欣赏、研究着笔下流出的字,一路不满意。不是这一点有欠缺,就是那一点有欠缺,或是结构失衡,或是下笔过猛,或是急于表达,于是难免过满的败笔……

这时电话铃响了,肯定又是一个拜年的电话。

竟是毛莉。难道连拜年的习俗,毛莉也无师自通吗?

"对不起,先生,我必须马上见你!"听上去毛莉相当激动。

一般来说,毛莉是个不大容易激动的人。也就是说,她有一种很硬的质感。

此时,叶楷文真不想有人打搅自己的雅兴,何况他还因为今天这两笔字的不到位心里较着劲儿。"有什么急事吗?"

"是的,先生。说不定你还会感兴趣。"

"我?"

"是的,先生。"

有那么一瞬,叶楷文想过拒绝。

但在毛莉那里,许多问题都是单纯的,单纯得让叶楷文难免感到一些滑稽,便对毛莉有了一种迁就,就像一个神志清醒的人对待喝醉的酒鬼。

"好吧,我等你。"

一进门,毛莉就语无伦次地说:"亨利买了一套公寓……"

难怪毛莉那样激动,原来她的弟弟为他们买了一套公寓。毛莉的弟弟亨利是垒球明星,全美数一数二的投球手,买套公寓不成问题。可他有什么义务与毛莉共享她的激动?

"昨天我们家处理旧物,母亲让我到阁楼上清理一下,看看哪些可以处理。我在一个箱子里,发现了这个东西。"毛莉扬了扬手里一个细长的卷子。

说罢,毛莉就递上了那个残旧的、裹得挺紧的卷子。

对这个卷子,毛莉并不陌生。小的时候,她和亨利用它挑过阁楼上的蜘蛛网,代替过垒球棒,也用它打过彼此的脑袋。卷子很硬,有次竟把亨利的脑袋打出一个大鼓包。亨利额头上的血管,立刻如山脉丘陵那样起伏在鼓包之上,很像核桃上的褶皱,而亨利头上的大鼓包,简直就是一枚核桃了。

随着他们一年年长大,父母也曾将不再需要的玩具一批批地与家中的旧物一起出售,一角两角的,却从来没有想过将这个卷子出售。不论作为旧物还是作为玩具,它是哪边也不靠,可不知道为什么就保存下来。

只是长大以后,毛莉和亨利才渐渐忘记这个卷子。如果不是因为要搬进新家,不得不对阁楼上的东西来一次彻底清理的话,毛莉还想不到把这个卷子打开。

想想真悬,如果没有在叶楷文家打扫卫生的这份工作,毛莉也就没有这份"阅读"经验,也就不能得知这个卷子意味着什么。那么这个卷子的下场,就会和那些没用的东西一样,被当作废弃的杂物出售。

对于毛莉的发现,父亲似乎不大在意,瞥了一眼,并没接手,只说了一句"知道了",算是对毛莉兴奋不已的回应。对毛莉一个接一个的提问,比如:我们家为何藏着这样的东西,这东西从哪儿来的,我们家的先人是否有人到过中国等等,父亲也只是说"呃,有年头儿了",或是说"我也不大清楚",让毛莉十分败兴。

"爸爸,能不能把这个卷子给我?"

"如果你喜欢的话,就拿去吧。"

"不,不是我要,而是想送给叶楷文先生。他那里也有一张这样的东西,说不定这东西对他有用。"

"那有什么?如果你愿意给他,尽管给他好了。"听起来不仅是对卷子的不够关心,甚至还有那么点儿松心,就像终于为它找到一个废物利用的去处。

母亲的态度也有点怪,看都没看卷子上的图案,而是躲得远远的,还一再偷看父亲的神色。

特别是当毛莉穿大衣、戴围巾的时候,父亲那样古怪地看着这个卷子,直至毛莉与他道别的时候,他仍然沉湎在一个遥远的、谁也够不着的思量中。

叶楷文接过毛莉手里的卷子。

从卷子上溢出一些洋葱味儿。该不是毛莉的祖母或外祖母早年熏制的风干肠吧,叶楷文有些不敬地想。

即便这个残旧的卷子确实有点不同寻常,鉴于以往的经验,毛莉也就是开头两刷子,再问,肯定又说不出所以、对不上茬儿了,终究不成正果。

他懒洋洋地捋了捋那个卷子,一抬头,一瞥眼,只见毛莉的脸和鼻子被风雪揉搓得通红,甚至有冰水样的鼻涕从鼻孔中流下。还有她那双清澈的眼睛,充满了给予的欢快,充满了对他因此能有所收益的期待……不论这双眼睛日后何去何从,但眼下,叶楷文无法不珍重它的诉说。

那是一个布卷。很粗糙、很结实的布料,用上一百年也不会破损的样子,更让叶楷文觉得里面包裹的是风干肠。不过当然不是,如果是段风干肠,毛莉也不会这样激动,巴巴儿地跑来向他展示,可叶楷文又不能不这样联想。

他又抬头看了看毛莉,不由得自谴起来。从什么时候起,他变得如此玩世不恭、无情无义?

有年头儿了。也许在"文化大革命"中,他"革命"太狠、抄家太多,连带着把自己的热诚也抄走了,埋葬了。

有一次在北京,和一个大学生谈起"文化大革命"以及"瓜菜代"。那位北京某著名高校的高才生问道:"'文化大革命'是否就是一八二九年的法国大革命?"

又问:"'瓜菜代',是粤菜还是川菜?"

叶楷文多么羡慕那位"粤菜"还是"川菜",以及能把一七八九年置换为一八二九年"法国大革命"的高校精英啊!如果可以从头开始,他宁愿自己是一个"粤菜"还是"川菜"以及一八二九年的"法国大革命"。

此后他稍稍认真起来,郑重地打开了那个布卷。

里面竟是一卷画纸。肮脏不堪,边缘部分缺损得相当厉害。在这样一塌糊涂的画纸上,难道还能看出什么所以然?

画卷一角,洋洋洒洒布满大小不等的斑块,像被什么液体浸染过,泛着暧昧的褐黄,很容易让人产生不快或是怪诞的联想。叶楷文的心思竟有那么一会儿游移开去——这些斑块究竟是什么?

是霉斑吗?说不定这画卷被藏匿地下多年……

也许真得通过技术手段来裁定了。

画卷留在手上的触觉,引起了叶楷文的注意。他一激灵,想,肯定是麻纸。

再看,纸张的质地,顿时让叶楷文收敛起所有的不敬。

像是晋纸!

叶楷文这才更为细心地展开方才不屑一顾的画卷。

眼前的境况几乎让他晕厥过去。

毛莉忙伸手去搀扶他:"先生,你没事吧?"

他咽下嘴里突然汹涌如泉的口水,几乎带着哭声说:"毛莉,我该如何感谢你呢?!"

毛莉说:"看起来,很像你从中国带回的那半张画。如果它们是一回事,我就满意了。"

这时毛莉才顾得上摘掉头上的帽子,揩拭一把额头上的汗水。

不用细看,不用对接,叶楷文对自己那半幅画卷早已烂熟入骨。正是,这正是他要寻找的另一半!

他急忙从柜子里拿出那只"癞皮狗",展开,与毛莉带来的半幅对接。啊,什么是天衣无缝?这才是天衣无缝!

围绕着两个半幅不知已经分离多久,终于重逢、相聚的画卷,叶楷文转了一圈又一圈,满怀恐惧地想着冥冥之中那个神秘的力量。

转过头去再看毛莉——为什么毛莉会来他这里做工?为什

么他和毛莉如此相像？为什么毛莉不论对书案、对如何清理他的书案还是对拜年，都会无师自通？……

毛莉到底是谁？！

尽管在毛莉看来，与其说这是一幅画，还不如说是满纸蚯蚓，但她还是满怀喜悦，努力地试着领略这幅由于她的努力才变得完整的画卷。

看着看着，从不大惊小怪的毛莉，突然歇斯底里地叫了起来："上帝，上帝呀，这明明是我们家的过去嘛！"

叶楷文又不明白毛莉了。可能毛莉又开始信口胡言，就像那些癫痫病人，好好的好好的，突然就满嘴白沫，跌倒在地，不省人事。

尽管他为自己不得不这样怀疑毛莉而心怀歉疚，可他不能不这样想——就是天塌下来，也轮不到毛莉和这幅画卷有什么关系！

毛莉指着画卷确定无疑地说："是，是我们家的故事。难怪我父亲从来不提我的祖母……你看，这不就是我们家的老房子吗？很奇怪的房子是不是？我的祖母、我的先人……你看，你看……"

真是无稽，哪里有什么房子？叶楷文苦笑，摇头不已。

"是的，是的，你看。"毛莉非常确切地指着一处画面说："这不是嘛！"

没有，什么也没有。叶楷文觉得，再这样下去，是不是应该给医院打电话？

见叶楷文摸不着头脑的样子，毛莉没经他的同意，马上从书案上拿来一张纸、一支铅笔。"我画给你看。"

她一面对照画卷，一面在纸上画着。

今天真是中了邪,毛莉画的,可不就是叶楷文在北京买的那个四合院!

可是对照毛莉画的房子、院子,再看画面,上面还是什么也没有。叶楷文不明白,是自己在做白日梦还是毛莉在做白日梦,不知道是他病了还是毛莉病了,他们两个人当中究竟哪个该上医院。

"现在,我知道我们家的故事了。"毛莉甚至有些哀伤地说。

这是什么样的奇迹、魔术、巫术?用什么词语来形容,都不足以表示这桩事的怪诞。

对照画卷,毛莉从曾祖母开始,一一道来。即便《天方夜谭》,也没有毛莉的叙述离奇……

第 六 章

一

忽有一片瓦当坠落。

一张本无多少斤两的瓦片,即便粉身碎骨,听上去也是形单影只,弱不禁风。今天却突然作怪起来,像是碎了一口闷头闷脑、满腹心事的瓮,霎时间有一种豁开后的大定,让思前想后难以定夺的贾南风,心中一动。

瓦当之坠落,如四季之花开花落,本是顺时而行,此番却有了某种暗示的意味。

西晋惠帝之后贾南风,此时正面临两难的抉择。

朝臣启奏,前太子东宫侍卫官、左卫督司马雅,常从督许超,以及梁王司马肜和赵王司马伦等人,已然祭起拥戴太子司马遹复位的旗号。

这个由她诏授的赵王司马伦,鞍前马后侍奉她多年,该是相当熟悉。怎么回忆起与此人有关的林林总总,留给她的竟是"丑态毕现"四个字?作为属下,忠心侍奉主子本是该当,可一旦过分,就会丑态毕现。而丑态毕现的行为,大半另有所图,现在可不到了原形毕露的时候!

综览当朝司马宗室,哪一位值得人们看重?一个比一个猥琐下作,无品无行。

不过,司马伦入朝,为今日动乱埋下祸根,也是事实,真是她的一处败笔。败笔又如何?败笔也是人生。贾南风从不悔恨,悔恨是弱者的救赎药方。

说什么拥戴太子复位!不过是司马宗室以拥戴太子为由的谋反之兆。太子司马遹乃谢妃所生,即便复位,也不过是司马宗室的傀儡。

又哪里只是几个人谋反?任何事件的发生,不会只有一个原因。

宗室日衰,八王纷争,风雨飘摇的王朝,还能苟延残喘到几时?加上这样一个昏聩、白痴、丝毫不尽帝王之责的司马衷……哪里只是她的不幸?真乃天下之不幸。

她,一个其貌不扬的女子,何曾有过鸿鹄之志?即便有所抱负,也与社稷无关。可谁让她被"卖"给了最没有操守、信义、忠诚可言,无风三尺浪,戴着社稷这顶堂皇之冕的政治?

说是把持朝政十年,真是与虎谋皮的十年。朝中有朝,政变无穷。

每一个角落,都有一双虎视眈眈的眼睛在窥测方向;每一个转折,都有人在伺机而动;每一个所谓太平盛世的瞬间,都有可能人头落地;每一个死心塌地的奴才,都有可能是异己;每一个看似无欲无求的人,都有可能在利用你做点什么;每一个贤良君子,都有可能是无恶不作的大毒枭……

真是一路过来,一路披荆斩棘。

能不杀杨骏?

武帝因何而亡?皆因病入膏肓才发现,自己万般宠爱在一身的杨皇后,其父杨骏矫诏专权。而此时他已回天无力,只落得一个惊吓气绝。

这也怪不得他人。自灭吴之后,这位先帝就不再关心朝政,朝中大小事务,皆依赖后党杨氏——杨骏及子杨珧、杨济,权倾一时。

又端的一个七情六欲、性情中人。

满朝文武,进谏武帝另立太子,他却坚守与杨后姐妹的协议,不肯废黜白痴太子司马衷;又明知自己面目丑陋、性情刁悍,却接受她为太子司马衷之妃,只因她父亲贾充辅佐他称帝有功⋯⋯

性情中人是当不得帝王的。

司马衷即位后,杨骏仍为太傅,辅佐朝政,事无巨细,无一疏漏,又在诸王中网罗党羽,而各王本就强兵在手。

如此这般,说不定有一天司马衷也得步先帝后尘,最终惊吓而亡。

只因杨党惧她三分,一时未能动手,如若她再不作为,怕是为时晚矣!

斟酌再三,只得假汝南王司马亮和楚王司马玮之手,以谋反之罪,将"三杨"诛杀,将曾力主选自己为太子妃,此时已是皇太后的杨氏废为庶人。

这大概算是第一回合?

太傅一职由叔祖司马亮接替。然,司马宗室各个都是篡权高手,这样的位置留给他,岂非大权旁落、引狼入室?可是,彼时别无选择。

只待时局略有松缓,继续杀将下去。

政治是什么,政治是开弓没有回头箭!

又如何下手？

开国之始，武帝大行分封宗室。然而受封诸王并未前去镇守藩镇，而是继续留在京师。

故，汝南王司马亮走马上任头一件事，便是奏请皇帝下诏，命令诸王赴任藩镇，以削弱他们对京师的威胁，同时一箭双雕地削弱了诸王势力对他的威胁。这引起楚王司马玮极大不满。曾几何时，为反杨氏后党建立起来的"强强联合"，此时反目成仇。

三个月后，她只得让司马衷再下诏书，称司马亮谋反，命楚王司马玮发兵讨杀。想来，这也是司马玮最称心的一件事吧。

司马宗室中，司马亮声望尚可，又是叔祖之辈，诛杀之后满朝非议，而司马玮又没有合适的位置可以安排……引狼入室的错误岂能一犯再犯！

只得诿过于司马玮，以"擅杀"司马亮之罪，将他押赴刑场。

据说司马玮曾出示皇帝亲笔诏书，以清白自己。得知此情，贾南风难免心生悲戚。

皇帝亲笔，还不就是她的旨意？只是此一时、彼一时，那时她需要司马玮杀杨氏后党以及司马亮，现在她需要司马玮死。司马玮不死，就难以平息满朝骚动，说不定被杀的是她，也未可知。

至于私拟诏书，弄权乱政之说，曾几何时成了她的专利？

谁人不知"司马昭之心，路人皆知"？

司马懿杀曹爽，司马师逼太后废魏少帝曹芳，司马昭杀魏帝曹髦……先父贾充尤其罪责难逃。正是他带兵阻拦了魏帝曹髦带领宫内禁卫军和侍从太监的最后一搏，并令手下太子舍人成济，刺杀了魏帝曹髦。朝野上下，无不震惊哗然。

时有老臣陈泰进谏："只有杀了贾充，才能交代天下。"

有谁见过，狼狈这对"双胞胎"不是"为奸"，而是为了伸张正义互相撕咬?

正是司马昭私拟诏书,列数"莫须有"之罪,先废魏帝曹髦为庶民,再将杀曹髦之过推诿于成济,而后满门抄斩……

比之历朝历代帝王,她的宫廷之术,何曾有过丝毫独创?不过步前人后尘尔。怎么到了她这里,就遭天谴人诟?

八王之乱,分明是司马宗室诸王之间的拼杀,却说由她而起。

开国伊始,先皇武帝便急于分封宗室,将六位叔叔、三个弟弟,以及十七个本族叔、伯、兄、弟分别册封为王,并允许他们在自己封地内设置军队。分封有亲有疏,诸王势力不均,自然互相残杀。

说武帝是昏君,还恭敬了他!

她入宫前,司马宗室就已经开始了赤裸裸的势力较量、权力争夺,在死亡祭坛上轮流坐庄,而且愈演愈烈,卷入的人也越来越多。

即便她没有任何作为,天下也不会有片刻安宁。

为什么让她为司马宗室"有负天下"的罪行负责?司马家族有什么资格,假仁假义地指责她?

想必后世那些个人云亦云、不学无术、不求甚解、混迹于史界的"史家们",也会以这样的史观撰史。任何朝代、任何学界,都少不了这种混迹于斯的所谓专门家,可谁又能奈何她!

放眼世事,哪位帝王不为后世诟病?如此这般,何谈身后之名?又何须身后之名?

再看满朝上下,就连她的双亲,哪一个干净!

父亲贾充、母亲郭槐,与司马宗室一样贪婪,竟不惜将她

"卖"入宫门,以扩张他们的权势。敢问史家,有哪个阴谋,比得上他们策划的、迫使她最终登上皇后宝座的选妃事件,更加无耻、周密、志在必得?

母亲郭槐,哪一样堪称为人之母?都说她贾南风杀妹妹贾午是丧尽天良,如果她真丧尽天良的话,就该赐母亲一死。

这样的女人,早该一死以谢天下。如果说她十恶不赦,那么不是郭槐把她推向万人之上,给了她把持朝政的机会和十恶不赦的可能,又是谁?

这个世道为什么要对她说三道四?

还有那个叫做张华的诗人,竟还写了什么《女史箴》,借宫中女史之口,写宫内箴规,讽喻于她。尤其《冯媛当熊》一节,说的是汉元帝郊游遇熊,元帝及若干随从皆惊慌失措,唯婕妤冯媛临危不惧,挺身而出,护卫元帝云云。

怎么,难道想以她这样的脑袋,去护卫司马衷那个白痴脑袋吗?不要说她不愿意,上苍也不会同意这样不合理的对换。

以她的聪明才智,忍受一个白痴的痛苦,谁能理解?

如若别的女人也就罢了——白痴又有什么?白痴也是一国之君。

一般女人,大多以皇后为人生之最高境界,可她宁愿以自己的后位,换取一痴的哪怕是一次真情实意的爱抚。

错就错在她是贾南风。出身显贵倒也平常,谁让她满腹经纶,却得以一个白痴为中心?即便这个白痴是皇帝也不行。这就好比让一部皇家大辞典、大百科全书,与初级识字课本相提并论,纵论天下。

又说女官班姬不与汉帝同车,夫妻间应"出其善言,千里应之",否则"同衾以异",又"欢不可度,宠不可专",还有什么"女史司箴,敢告庶姬"。

这就是放肆,就是不知天高地厚了。

说你是女史,你就是女史,不给你这个女史,你就什么也不是!还"敢告庶姬",可笑之至!

说不定哪天有兴,宣这个张华上殿调侃一番,倒是一乐。

贾南风的确杀人无数,但所杀无非是那挡路之人。这个张华,无非撰几句酸文,又能将她如何?有什么必要抬举这个可怜虫,为他动一根手指?

如果一个等而下之的文人,如此这般哗众取宠也算情理之中,而张华何等聪明有余。一个聪明有余的人,如此哗众取宠、谄媚圣上,绝对藏匿着凡人难以察辨的阴私,恐怕也怀揣着凡人难以企及的大明白。而明知这种事体之下作、之不可为却强为之,倒是大可悲了,又怎不让人垂怜!

二

贾南风放下手中的笔,对着一纸拟诏沉吟起来:如何处置太子司马遹为妥?

其实,杀不杀司马遹,都要面临又一场生死之搏。

废黜太子司马遹本就铤而走险,被司马伦用来做谋反的借口,该是意料之中。两个多月来,宫闱之内,暗潮汹涌……但事已至此,除了背水一战,贾南风无计可施。

有道是:无杀天下之狠,何来天下之安?

再者,司马遹幼时尚可,年岁越长却越不成器,便是杀去也不足惜……贾南风索然一笑——连这样的理由都拿来顶事了!

真是错会时分,竟有花香暗送,是丁香、子槐,还是茉莉?……难道是在提醒她,又是满庭芳菲、莺飞草长的暮春天气了?

良辰美景年年依旧,只是与她无干久矣。如若不能恣意其中,她这个权倾一时的女人,又有什么值得艳羡、嫉恨的呢!

真不如变作一朵花或是一棵草,既不知愁为何物,也不知情为何物,来去匆匆,一岁一轮回,不待遍尝世间百态,便凋谢去也。

昨夜,她梦见了一痴。

其时她正端坐案前翻阅奏章,两侧幔帐忽然拂动起来,抬眼一望,见一痴侧立幔帐旁,如风一缕,似影一张。

他怎么说来就来了?在她忧虑重重的时刻,像是一个意外的慰藉。又一想,自己忙于朝政,已有不少时日没有召见他了。

他着一袭青色长袍,宽袍大袖,更显得形影消瘦,风还没动,他就动起来了。儿时的他可不是这个样子,说是肥头大耳也不为过。

谁能想到,那个肥头大耳、欢天喜地、连爆竹也不敢放的男孩儿,日后出落得如此风流俶傥。最想不到的是,变得那样坚忍、果决,自尊自爱到不惜拿自己的"宝"做赌注……

那时,年年除夕的爆竹都由贾南风来点放,就那么拿在手里,直到爆竹捻儿燃到尽头才肯放手。那枚爆竹,简直就像在她的手心儿里炸开。一痴虽然不像妹妹贾午那样,用手指堵着耳朵,可也是一副与己无关的样子。

待贾南风调转头来,向一痴和贾午炫示自己的得意时,却不知一痴已将识得不久的那个"狠"字,与她连接起来,从此再也没有抹掉。最后妹妹贾午能够夺得一痴,也不尽是"色"字作怪。如果贾南风能够预见这一后果,她还会那样逞强吗?等到贾南风成为权倾一时的皇后,一痴自然而然会想起她儿时点放爆竹的情景,"从小看大"一说,果不其然。

隔墙就是一痴的家。他们随时越过藩篱,任意出入,不但常常吃在一起,就是在同一张榻上小憩片刻也是有的。有时还会互换衣衫,男女互扮。若是一痴不知如何穿戴女儿装,雷厉风行的贾南风又耐不住啰嗦,便会亲自下手为他穿换。可以说一痴的体肤,贾南风并不陌生,那真是少不更事、两小无猜的花样年华。

及至年长,不论和诗还是对弈,她和一痴也是酒逢知己、棋逢对手……明明一个鸾凤和鸣的景象,哪知而后成空!

自情窦初开,贾南风就认定她和一痴的缘分前生已定。岂不知前生已定的缘分,有分有合。"合"是一种缘分,"分"也是一种缘分。被妹妹贾午横刀夺爱留下的终生伤痛,难道不是缘分吗?

一痴一直喜欢青色,即便上朝也没有换过绛色的朝服。她也就随他高兴,没有深究——实在,青色比哪种颜色都适宜他。也曾想过,是否赏赐他一袭青色冕服?她才不介意什么规矩不规矩,满朝文武,哪个讲了规矩?

之所以没有一意孤行,只是因了对一痴的尊重。他是那样自尊自爱,从来不像司马宗室那些人,为贪一介狗官的职位,今天如此,明天却又如彼。

更还有他的心性放达。

谁都明白,作为一个有限的载体,人不可能拥有世间的一切。可人们还是禁不住地渴望,渴望自己不能拥有的东西。换句话说,这就是希望,这就是希望的深度解释,这就是万古不竭的动力。对于一个具有征服欲的人,尤其如此。如果一痴是贾南风的拷贝,贾南风是否还会对他如此痴迷,就不得而知了。

当朝丞相王戎,善围棋、嗜博弈,自诩高手。任豫州刺史时,其母病逝。噩耗传来,王戎正观他人博弈,竟不顾礼制,毫无起身离座之意。博弈者决意暂停,待王戎料理毕其母后事再续残局,反倒是王戎一定要当即有个了结。

得知一痴棋至"二品",心有不甘,遂令一痴一决高低。哪知王戎棋风、棋道不佳,频频悔棋。对此,一痴不置一词,泰然坐观。

他的淡定,简直就是一方舞台,将堂堂丞相,成就为这方舞台上一枚出尔反尔、众目睽睽之下忙于倒来倒去的棋子。

如此往复,王戎方才胜得一局。再博一局,悔棋依旧,却得惨败。三博,眼看棋势不妙,竟将一枚咽喉之地的败子偷纳袖中,棋局顿时大变……

哪怕像某些败下阵来的棋手恼羞成怒,信手掀翻棋盘,也算光明磊落,却不想下流至此……算来也在情理之中。

这位"竹林七贤"之一,最为无形、无品,一向谄媚取宠、追名逐利、"与时舒卷"。历任吏部黄门郎、散骑常侍、河东太守、荆州刺史,一路晋至光禄勋、吏部尚书,直至司徒,成为朝廷权臣。

此人何德何能,得以一路飙升?不过投靠司马氏族而已。

王戎主管吏部期间,行贿求官之风大行。由贾南风诏授的司隶校尉傅咸,曾上书弹劾王戎,力谏免去王戎官职,遭王氏宗族报复。傅咸凛然正气,不畏强权:"司隶校尉与御史中丞共掌纠察皇太子及以下文武百官之职,岂有纠察皇太子而不纠察尚书之理?只有严正己身,才得以率他人。"

故傅咸身后,贾南风谥号"贞"。此是后话。

贾南风最见不得这些清流名士皆以政事为俗,以"居官无官官之事,处事无事事之心"为荣,标榜清高,轻蔑礼法,不拘礼制,纵酒放浪,毫无操守,对弄婢妾,甚而至于对狎……终日手持麈尾,清谈而已。所谓清谈,不过沽名钓誉,何谈匡救国民?

再以本朝著名世家、琅琊王氏为例。王戎堂弟王衍,谈玄论道,口若悬河,华而不实,信口雌黄。人道他终日手持白色玉柄麈尾,对镜演示:或举手投足,眼波流转;或逼尖嗓音,起起伏伏,抑扬顿挫,非男非女,如歌如诉,恰似一名演练的艺妓。看来,谈玄论道不过是一场场有备而来的演艺……此人善经营,以致声倾朝野,竟有登高一呼万人唱应之势,如此这般,倒也是件理政的用具。贾南风顺水推舟,诏授他司徒、司空、太尉等职,却也未曾见这位以政事为俗、以"居官无官官之事,处事无事事之心"为荣的王衍,对此嗤之以鼻。

如若贾南风得知,自己亡故不到一年,王衍即被羯人石勒所俘,为推脱己任之责而文过饰非,却被石勒一语道出根本,"君名盖四海,身居重任,少壮登朝,至于白首,何为言不预事?破坏天下,君之罪也!"她更会为自己对王衍的高瞻远瞩而自负。

对面端坐的一痴,却如晴日里一座清晰可见的远山。谈不到崇山峻岭,不过一座平实无奇、些许积雪的山峰,峰顶闪烁着几缕清冷的柔光而已。

不,不是忍让谦让,不是超然物外,不是"道不同,不相为谋",不是轻蔑孤高……而是玲珑剔透,是退一步海阔天空。记得幼年时,一痴的目光里就有了这种大悲大悯。

此外无他。

只是善弈的一痴从此不再博弈。贾南风实在了解博弈对于一痴意味着什么,说是他的情人也不为过。从少年时期就与博弈结下不解之缘的一痴,说断,就不着痕迹地断了这份情缘,该是何等少见的决绝。

这恐怕也是贾南风将王戎怀恨在心的原因之一吧?

总是在退一步之后享受海阔天空的人,是任什么也无法将他操纵的。好像空气,谁曾握住一盈?即便流水,还能掬上一捧,在手中做瞬间的停留。

那么妹妹贾午,真正得到过一痴吗?她得到的不过是承担而已。说到自己,即便他应诏入宫,不过青梅竹马的情分。可他为什么叫了一痴?又因何而痴?想来想去,想不出所以。

也许因为谁也握他不住,贾南风才会如此锲而不舍吧?

任什么也无法将他操纵的人,也是最具安全感的人。即便坚硬如贾南风这样的女人,也是需要一个肩膀靠一靠的。而她愿意"靠一靠"的肩膀,该是何等非同凡响的肩膀。

贾南风也不愿人们非议一痴是她的面首。对她来说,一痴是她剩下的、唯一干净的地界了。

为召一痴进宫,实在没有必要地找了一个借口:整理太康二年,一名为"不准"的盗墓贼,从汲郡魏襄王墓中盗掘的竹简。

竹简共七十五篇,皆为蝌蚪文。计:《纪年》十三篇,出自战国时魏国史官之手,为编年体史书;《易经》二篇,与《周易》上下经同;《易繇阴阳卦》二篇;《卦下易经》一篇;《公孙段》二篇;《国语》三篇;《名》三篇;《师春》一篇;《琐语》十一篇;《梁丘藏》一篇;《缴书》二篇;《生封》一篇;《大历》三篇;《穆天子传》五篇;《图诗》一篇;《杂书》十九篇……

武帝曾命中书监荀勖、中书令和峤等人进行整理、考订,以便对自夏禹起至当朝的残缺史事加以补校。

这种始自战国时期的蝌蚪文,至汉已不多见,至晋,更鲜有人辨。整理考订颇费时日,从武帝起至今,业已耗时二十年余,也未完成。

幸得一痴,家学渊源,识得此文。贾南风便以此为由,将一痴召进宫内,继续整理考订这批竹简。

因此,朝野上下无人非议,这让她略感安心,毕竟未曾使得一痴难堪。如若不是一痴进言,她,也就是当今皇帝,何尝推重史学如此?比之前朝,史学在本朝难道不是得到了前所未有的发展?

陈寿的《三国志》、孙盛的《晋阳秋》、《左传》杜预集解和郭璞注《尔雅》,还有文豪左思、陆机,还不都是出在本朝?

更有荀勖,将图书原七种分类改为经、史、子、集四类。至此,史著才能从经书分离而出,自成一体。

说到对文学的推重,如若不是当朝圣明,那个张华岂能不知天高地厚若此?

也许因为一痴,她才有如此这般必将流传千古、后人受益匪浅的勋业。

无人非议,其实还有更重要的原因。

一痴进宫的日期,曾被他一推再推,称染病在身,需歇息数日方可进宫侍奉。

她未觉有何蹊跷,进宫的事也就暂且放下。

也是凑巧,就在那一天,贾南风惊闻一痴准备净身,马上赶到蚕房探个究竟。

没等刀手及左右人等避让,她就冲了进去,果然一切就绪。

一痴连忙跪迎在地。

"我又不是召你去做内臣,这又所作何为?"

所作何为?贾南风一清二楚,只是她这一刻心神迷乱。她的言语、态度,说任性不是任性,说抱怨不是抱怨,说呵斥不是呵斥……像是忘记君臣之别,又像没有忘记君臣之别,她是无法拿捏自己的言行了,"你胆子不小……起来吧。"

"谢中宫。"

贾南风一时无言,反身在室内往复暴走,一脚踹倒一扇屏风,又一脚跺断了屏风上的棂子。

见贾南风暴怒至此,一痴担心有变,忙道:"臣意已决!"

她转过身来,圆睁双目,竟说不出一个字来。

没想到杀人如麻的贾南风,倒先挺不住了。那还是一痴的眼睛吗?简直就是刀手的那把刀,甚至比那把刀还绝情。

不能说了,什么都不能说了。

这是她一生中遭到的唯一拒绝,而这拒绝又是来自她的最爱。

或者不如杀了一痴。贾南风不止一次对自己说:"杀了他。杀了他,那就一了百了啦……"

可是她下不了手。杀人于她,突然变成了如此棘手的事……

"你是有意而为!"

"臣不敢。"

"皆因本宫为人可憎?"

"人生本难两全,不过有约在先。"

说什么"人生本难两全,不过有约在先",是一时语失吗?不过眼下贾南风来不及对这两句话多加考虑。

"有人践约吗?"要不是一痴说到"有约"在先,贾南风实在不愿提及妹妹贾午言而无信这个话题,好像有意捅一痴的心窝。

"宁肯天下人负臣,臣不能负天下人。"

"难怪你叫了一痴。"

试问,世上有哪个字眼儿可以尽数她对一痴的爱?为了一痴,贾南风甚至杀了妹妹贾午和她的丈夫韩寿。

到底贾午错在哪里?

如果不是自己的妹妹,杀了也就杀了,一朝皇后,杀个人,需要理由吗?

又哪里如人所说她贾南风毒如蛇蝎？又哪里是嫉妒？也许很久以前有过嫉妒，可是现在，身为至上皇后，用得着嫉妒吗？只消拿来就是。即便一痴，也可以拿来就是。可她要的是一痴倾心相爱，而不是服从。

贾午违背了与一痴的终身之约，那可不等于忤逆了自己！

她是为贾午辜负了而她又是如此珍惜却不曾拥有的爱，杀了贾午。贾午可以偷取、夺取她之所爱，她认输，但不可以践踏她之所爱。

贾南风是为一痴，甚至是为所有的男人，惩罚了这个以为有一张漂亮的面孔就可以言而无信的女人。

记得那年，贾午在花园里游玩，不当心被桃树枝剐破脸皮。贾南风那个急啊，小小一个伤口，一天不知察看多少遍，亲力亲为，上药、换药。她不放心别人来做，生怕谁一不小心在贾午脸上留下疤痕。她得为一痴爱惜贾午那张脸，她得把那张如花似玉的脸，完好无损地交给一痴。

不论从性格还是从相貌来说，贾南风和贾午这一对姐妹都完全不同。可不知为什么，贾南风常常生出这样的幻觉：贾午和她是同一个人，她中有贾午，贾午中有她。不知贾午有没有这种幻觉？

所以贾南风在为贾午换药时，禁不住会抚摸贾午的脸，也就没什么好奇怪的。那不过是在替一痴抚摸贾午的脸，也就是替一痴抚摸自己的脸。

可说不定什么时候，她忽然就会醒过梦来：不，那不是自己的脸！一股黑气就会从贾南风的肺腑涌出，霎时间，她就会变成一个腾黑云、驾黑雾的恶煞。

这时的贾南风，就恨不得往贾午仰着的脸上泼一盆开水，或持一片横刀，片去那张沉鱼落雁的面孔。

……………

即便几生几世,怕也收不回贾南风这从未有过回报的付出了。

几生几世……有多少情仇,值得一个人用几生几世去消受?又消受得了?

为了一痴,实不该阻拦他的选择。

贾南风从不在意朝野上下关于她面首无数的非议。作为帝王,享用面首如同享用无上权力,谁人敢说半个不字?而她却不愿一痴成为她无数面首中的一个。

她是为洁身自好的一痴的清白而清白啊!

一痴进宫后,免不了朝夕相处,谁能断定他们不会一时情迷?想到很可能把握不住自己,而一痴又怎能拒绝?

所以他不得不出此下策,决绝地切断了他们的后路。

或是放弃一痴进宫?

一痴轻轻摇首,笑而不答,浅淡的笑容里却满装着无奈、认命、孤注一掷。他在等待一个结束——不论自他们少年时就不即不离的感情来说,还是从贾南风的前景来说。

不论国祚长短,改朝换代初始,总该有万象更新的气象。即便不是万象更新,也该有些许新政新策,本朝却是例外,大多沿袭曹魏旧章,不但不能以史为鉴,反倒变本加厉延续旧朝的腐败。旧朝的糜烂,也如发了酵似的,越发而不可收拾。自先帝起,沉湎游宴,荒于朝政,后宫竟逾五千,佳丽难辨,只得乘坐羊车,任随羊意行止。

请托之风极盛。得以把持朝政的人,大多为宗室门阀,非但谈不到雄才大略,反而个个寡廉鲜耻,贪暴恣肆,虎视眈眈,结党营私,伺机而动。

及至当今皇帝,人祸之外,更加天灾,对于百姓流离失所、饿殍遍野的奏章,竟说出"何不食肉糜"的昏话……

晋王朝是一只先天不足、后天失调、病入膏肓的怪兽。它就要死了,可它不会善终,它将把自己而不是他人的躯体,噬咬得体无寸肤、骨无寸留。

贾南风首当其冲啊!她的处境不妙,非常不妙。而在这样的时刻,他希望尽自己所能,给贾南风一些帮助,哪怕只是一个眼神儿。只有他知道,眼下贾南风多么的软弱、无助、技穷;多么盼望能有什么东西靠一靠。可他又担心,与贾南风朝夕相处,怎能担保任性、随心所欲的她,不会生出事来……想来想去,只好辜负自己。

这就是心有灵犀了。贾南风明白此时此刻一痴的所思所想,可她还像脚下的砖石那样沉默着。

一痴趁势说道:"臣请中宫回宫安歇。"

她大袖一拂,威严地说:"我自有安排。"

既然如此,一痴反身走向床榻,从容仰卧下去,而后几个孔武有力的男人,将他的双腿上部及腹部用布带扎紧,以免流血过多。

五花大绑的一痴,分明变作了一只等待屠宰的羔羊,这和自残有什么区别!……贾南风极快地调转头去,又由不得自己地调转头来,眼睛眨也不眨地盯牢这个永远没有回头可能的时刻。谁说时间是不能抓住的东西?贾南风此时就牢牢地抓住了它。

这样做值得吗?虚浮的名声难道就如此重要?……她的脑子里茫然一片,忘记了皇后的仪态,禁不住喝道:"住手!"

住手之后如何,她也不知道。

一痴伸出手臂,如一把利剑将她拦在了无法逾越的界线之外,毅然决然地望着她,说:"凡事不能半途而废,尤其中宫您哪!"而后对一旁垂手而立的刀手说,"来吧,不要再耽搁了。"

贾南风的目光,一寸寸地捋过一痴的每一根汗毛、每一片肌肤。他的身体发肤固然受之父母,可谁又能说那仅仅是一痴的身体发肤?他的每一根头发、每一寸肌肤,难道不是长在她的身上?此时,她的双腿、她的腹部就感到了被勒紧的胀痛。

刀手用辣椒水将一痴的性器细细清洗,之后便拿起寒光闪闪、薄如纸片的弯刀……却又被贾南风拦住。刹那间她像是变了一个人,没有了冲动和激怒,冷静异常地说:"慢着,我来。"

一痴就像一个新生的婴儿——可不就是新生?一丝不挂、坦然地朝向贾南风,没有丝毫羞涩、尴尬。

这似乎是他们彼此确认、彼此相托的最后的时刻……

贾南风伸出手,将一痴的性器轻轻抬起。

这就是她全部的爱欲,现在却要亲手将它割舍。

多少个不眠之夜,贾南风渴望过与一痴的肌肤相亲、耳鬓厮磨;想象着他肌肤、汗液的气味,他的睡姿,他的梦话,他的体温……却从来无缘一见、一亲。现在,唯一的,也是最后的机会到了……想不到竟是在这种情况之下。

这就是他们今生仅有的情缘,如此残忍而又幽深,如地狱之不可测。

贾南风将手里的刀向前伸去,毅然决然,毫不犹豫。眼下,即便是为自己开肠破肚,贾南风也不会手软。这是一痴自少年时便了解的贾南风,也是令他倾慕的贾南风——她不是平白无故就能替皇帝把持朝政的。

就在此时,她突然看见自己手腕上的血管,怒张、翻转、扭曲,如一条条被火焰炙烤的青蛇,又听见那血管的悲泣、呼号……她调转刀口,迅猛地将刀刃在自己臂上一划,鲜血立刻从她手臂上涌出,左右立刻惊呼起来。

"牛刀小试耳。"她不以为然地一笑,说。

一痴没有感到意外、惊慌。贾南风从小便是这样不可捉摸、这样出其不意,更明白她所作何为……只是今生没有可能了,来生,来生吧!

没等众人回过神儿来,贾南风又以人们意想不到的迅疾,割下了一痴的性器。

一痴只觉得一线疾风从阴部扫过——竟是这样的容易。人人沉湎于此,而又为此生出无穷烦恼之根,从此再不能烦扰他了。一痴感到了难以言说的大轻、大快……

贾南风呆望着满把鲜血淋淋、现在可以称作一堆肉的一握性器。瞬间之前,它还为一痴所有,是他意义十足的根,现在,它真的只是一握肉了。

"你终于如愿以偿了吧!"她的声音里回响着无可消解的冤仇,然后抱着一痴的"宝",头也不回地去了。就像在前朝议政,不容他人置疑地调头而去。

下面的事情,贾南风不再多想,想又如何?也不敢再看,她的力气已经丧失殆尽,如果再不离开,如她这样决断的人,也难保不会昏倒在地,甚至歇斯底里大发作……

她不想,绝对不想。

可是她的下体,感到了冰凉、刺痛的袭击。这袭击停歇一阵又来一阵,不怀好意地折腾不已——肯定是刀手在用冷水浸过的白绵纸为一痴包扎伤口。贾南风明知不包扎伤口可能会感染,可还是心有不甘。

这袭击所向披靡,继续左右横穿,直刺她双腿的根部,而后转向、下刺,直抵脚跟,令她举步维艰——此刻定是有人架着一痴在不停行走。他不但不能歇息片刻,且必得行走三个时辰。

她口干舌燥,一定是一痴口渴难当。这还是头一天,他还得熬上三天,三天之内滴水不得进,以免尿频伤及伤口。

……

这叫她如何是好!明明是一痴净身,她却得忍受比一痴更为疼痛的疼痛。

不过,哪一招、哪一式,又难得过、痛得过割舍怀里这一握肉?

她是十足对得起她所爱的这个男人了。

他那男人之"宝",就这样随贾南风去了。

按时下规矩,一痴无权要回自己的"宝",他的"宝"本该由刀手留存。谁想到贾南风做了他的刀手,现在由她拿去,该是合情合理。

可是这样一来,原本简单明了的事,怕是无法简单明了了。而自己竟还说出"人生本难两全,不过有约在先"那样的话。是一时迷乱,还是不经意间的流露?难道他的内心本就有着自己不解的真情,不到非常时刻难以显现?

对"人生本难两全,不过有约在先"这句话,贾南风未置一词,一痴不相信是她未曾留意之故。

比起贾午,贾南风其实更让一痴挂心。皆因她丑,无人爱怜;皆因她丑,不公正的事情似乎都该由她担待。

说到丑、美,不过皮相而已,比如谁在意过自己父母的丑、美?手足亦然。而他们青梅竹马,情同手足。

文韬武略、诗词歌赋、锦绣文章,哪一样贾南风败于他人之下?

可她偏偏成了贾家的色子。

如果贾南风报复,谁又说得出什么?尽管他不赞成那样行事处世。

即便贾南风面首三千,那又如何?设身处地想想,一个从未有过真情实爱的女人,一旦有了一人之下、万人之上的权力,为什么不呢?如果她连一个庸常女人的欢欲都没有,反倒不正常了。

至于贾南风为什么杀贾午,一痴始终不能明白。换作他人,理由是容易想象的,可事情一到贾南风那里,就不能按正常人的逻辑分析。如果说是妒忌,为什么他和贾午订下终身之约的时候,她不杀贾午?即便杀不得,以她的脾性,也会用其他办法让贾午知难而退——贾南风不乏各方面的聪明才智。

对贾南风怒杀贾午一事,一痴既不恨之入骨,也没有撕心裂肺的痛苦,只是怅然若失而已。这是否因为贾午是个香艳女子?而人们对香艳女子的态度,难免有些轻慢。这让一痴的良心不安,可又勉强不起自己的愤怒或痛苦。

说了归齐,在对待贾南风的情感上,一痴把握不清自己。究竟是同情、手足之情,还是什么?或许说他"痛惜"贾南风更为贴切?

就在他和贾午订了终身之后,贾南风还曾哭倒在他的怀里,说是朝政难度,心力交瘁……若是贾午哭倒在怀,一痴也许不会那么动心,毕竟眼泪对贾午来说司空见惯,而对贾南风,真比琼浆玉液还难以寻觅。加之那一夜,清风明月,暗香浮动……不,贾南风绝对不会用那种鸡鸣狗盗之徒的办法,比如用什么来自异域的薰香使他迷醉。那夜的暗香肯定来自一种植物,据说有种花香,催人情发。

他们纵论天下,吟诗做赋……也许因为醉酒,又回想起青春年少。如果人们有过共同的童年,那么有关童年的共同回忆,立刻便能抹去日后生活在他们之间刻下的距离。若不是他及时清醒,后果会怎样?

想当年,如若不是美貌的贾午比贾南风更勇于进取,结果又会怎样?美貌的女子在男女关系上总是理所当然,说是志在必得也可。而少女时期的贾南风却矜持得多。也许因为丑,反倒不能像贾午那样理所当然;不能像贾午那样,想爱谁就爱谁,想要哪个男人就要哪个男人,想要什么就要什么。父母也好,周围的人也好,对贾午总是言听计从,一切优先……

呼风唤雨的贾南风,在如何掠获男人的问题上相当弱智,绝对不是贾午的对手。闺阁少女贾南风狠是狠,正是因为一个"大狠",讲究的是不用暗器。又天生是个做大事的人——尽管那时尚未入宫,却已显出做大事的潜质——更不屑于使用暗器。可在争夺男人的战争中,这一招式,对男人,怕是最为夺命的武器,那些香艳女子之所以往往轻易取胜,不正是善用暗器的结果?

贾南风一直在等,等一个合适的时候,来向一痴表示自己的情愫,就像一个好样的庄稼把式,适时等待庄稼的成熟。可是贾午偏偏不按规则出牌,没等瓜熟蒂落,生生就把瓜果摘下。这瓜果固然归了贾午,可毕竟尚未成熟,滋味如何,只有自己知道。所以贾午毁的不但是本应美味的瓜果,也毁了那些踏踏实实、按部就班的庄稼汉,最后还败坏了自己的胃口。

扪心自问,一痴并没有死心塌地地爱过贾午。他向往的是举案齐眉、相敬如宾的婚姻,而与贾午,只是香艳而已,只可偶一为之。如同男人嫖妓,不论妓院多么令人销魂,但绝对不是一个正儿八经的男人的家。如果不是贾午投怀送抱,一痴不会有那个让他坠落的夜晚。事后的追悔虽不剧烈,可也缓慢地败坏、腐蚀着如他这样一个正儿八经的男人的生活品位。

这是一个老掉牙的理由,也是一个老掉牙的故事,毫无新意。从古至今,男人和女人的故事,不过如此。

说到底,"女体"是所有男人的死穴,对开天辟地以来所有的男人如是,对未来的、直至世界末日的所有男人来说,也必定如是。一痴从来不说"女色",毕竟"女色"还有风度、气质、才智方面的审美意味,而"女体",端端的就是一个"欲",和动物没有什么两样的"欲"。

一痴又是一个肯担待的男人,于是就有了他和贾午的终身之约——并不心甘,"担待"而已。

这样说也许很残忍——如果贾午没有被杀,一痴就会有一个十分勉强的、担待的婚姻。

贾南风乱了方寸,自己也不知道自己在做什么,比如喝退凤輂,自顾自地大步流星走回宫去。

是不愿他人搅扰她的此时此刻吗?

她一路走着,一路将一痴的"宝"紧拥在怀,不出声地说着,怪声地笑着,就像已然死去的这一握肉,依然有着鲜活的生命,并可以与之对话。

说不清是她手臂上流出的血还是这握肉上的血,顺着她的朝服流下,点点滴滴洒在她走过的路上。滴在路上的血,很快开出一串又一串、散发着异香的、小小的花朵。

那时贾南风并不知道,不久之后就会在另一处看到这些花朵,也想不到这些花朵日后在人间将有何等跌宕起伏、诡谲难测的经历。

回到宫里,马上召来几个宦人,让他们按照宦人净身后的惯例,备好油锅。她亲力亲为,将一痴的"宝"放进油锅,文火低温、轻翻慢拨、面面俱到,将它炸得直至里透,然后用锦缎包裹,放进一只紫檀木盒,又将紫檀木盒放在自己的枕旁,而不是像宦人那样,将自己的"宝"放进篮子,吊在梁上,直到离世那一天再放进自己的棺柩,入土同葬,企盼来世以一个全身投生。

那夜,贾南风舒展身躯,缓缓躺下,侧过脸去,看看枕旁的紫檀木盒,长长地松了一口气。

从今以后,它完全属于她了。不管一痴愿意还是不愿意,都得日日夜夜、实实在在地守着她了。

一痴永远不会知道,她其实已经得到了他。想到这里,她笃定地、默默地笑了,不免礼赞自己:如此歹毒的深爱,除了她贾南风,世上谁人拥有?

连她自己也不相信,从此果真像和一痴同床共枕,竟还有了床笫之欢。不过,她一直把那看作是梦境,也如节妇烈女,从此不再宣面首进宫。

三

唉,青春年少,她有过青春年少吗?镜子里的她,已经毫无女人的魅力,四十四岁的人,眉头、眼角,竟有了六七十岁的皱纹。

司马衷继位后的十年里,为挽救这个王朝她心力交瘁。可怜她孤家寡人,怎抵挡得住司马宗室的招招式式?

说什么前途难卜!以她的才智,早已料到为期不远的下场。但她不是轻言放弃的人,即便死到临头,也不会束手就擒,让不论是谁都称心如意。

人们既然拿她做了色子,那么这个色子就得要他们好看。她要让那些把她掷出去的人,以及那些期待这个色子制造一个什么结果的人,不但不能称心如意,还要让他们转而成为色子。

这是一场不可预测的赌博。没有人会助她一臂之力,人人都在等着看她将如何死于乱箭之下,或如何被五马分尸。

没人能看出她那威严、木然、冷漠的脸的后面,有着何等不能与人言说的恐惧、苦恼和无告……

没有人疼爱过她,从来没有。即便一痴,不过同情而已,与疼爱毫不相干。

而命运这个"欺硬怕软"的势利之徒,连"孤独"这个词儿都不肯赏给她。人人都能躲在这个廉价词儿的后面,以招世人垂怜,她却不能。

要是能像一般女人那样哭一场,该有多好。哭一场吧,哭一场吧!可她就是想哭,也没有眼泪啊……

世人,你可知道没有眼泪之痛?不,你们不知道,你们只知道对那根本不了解的世事,啐上一口带有浓烈口臭的唾沫。

想到那口带有浓烈口臭的唾沫,她的脸上,重又泛出令人无由恐惧的笑意。没有一个词儿能尽述这笑容里的杀气。

而凶气的闸门重又合拢在她的目光之上。没有人能躲过这目光的切割、擦伤……

大概连她自己都感到了这些"凶器"的恐怖,为了掩饰还是逃避?她转过身去,从墙上抽出自己的佩剑,并将脸贴了上去。想不到在这柄冷剑上,竟感到一丝暖意。

为什么平时想不起与它亲近,这时却想起了它?是一个象征,或是一个论证,还是一个鼓励?

她的手抖动了一下,剑锋蹭过她的面颊,有血珠从脸上渗出,不甚多,可也一时不会断线。她用手掌抹下脸上的血,而后一下又一下,将手掌上的血刮在剑上。血在剑上如活物般伸缩起来,并泛出冷蓝而不是暖红的幽光。她又伸出手指,把剑上的血一再涂抹开来,想要涂满整整一把剑,可那血就是不肯流散开来。再试,缩成一摊;又试,再缩成一摊。不肯听命于她,想来也不肯听命于任何人。

那柄无论如何不肯让她的血铺陈在自己身躯上的剑,你是在问:

你就想这样将我交代?

天下可有不歃血的剑?

知也不知,歃血才是剑的灵魂?……

是啊!剑哪,剑哪,你本就该用来歃血,而不是让人们将他低贱的血在你的身躯上随意铺陈。

死于贾南风之手的各色人等,在剑的光影中一一闪现,那些死去的魂灵,检阅似的从剑锋上滑过。她将那些死去的魂灵看了又看,该杀的杀了,不该杀的也杀了。在与那些魂灵的再次交锋中,她明白了,即便已然化作阴阳相隔的魂灵,有些事情依然无法了结。

于是她将手中的剑收回剑鞘,召来太医。太医自有致司马遹死命的药方。

刚打发了太医,便有宫人来报,说是中书令一痴去了。

她一惊。系在衣带上那块从不离身的玉珮,此时也突然碎裂。这粉色玉珮,本是当年一痴母亲送给她的,说是年代久远,不知得了哪位先人的仙气,颇有灵性,来日必会护佑她。

既然如此,怎么说碎就碎?该是与一痴有什么牵涉吧。贾南风越来越不明白,玉珮也好,一痴也好,他们之间以及他们与她之间,似乎不仅仅是纠缠不清的儿女情长,然而到底是什么关系,又不清楚了。

马上想起昨日的梦,难道一痴向她辞别来了?

怪不得她说过"本宫并未宣你进宫"之后,一痴说"只因有事拜求"。当时并未觉出这句话有什么特别之处,只觉得阴冷异常。尽管在梦中,尽管在不透风的宫闱之中,也能感到一股莫名冷风阴阴袭过。而一痴的话,就像这阴风从萧瑟的荒野中捎带而来,而不是从他口中说出。

拜求何事?没等她询问,再一抬头,他就不见了。

接着差人过去打探,自己不等皇帝下朝,先行返回寝宫。

枕边的紫檀木盒还在,她的一痴还在,静悄悄的。可是最要紧的东西,明明留也留不住地远去了。在那远去的声声漫漫中,自己也化作一个留也留不住的脚步,她知道,从此,她将不知何去何从地飘荡而去。

她急急地取了枕旁的紫檀木盒,再乘辇抱送到一痴的府第。

府里很安静,只二三亲朋在料理后事。贾南风挥去众人,灵堂里只留下她独自一个。

装殓后的一痴,仿佛变作了另一个人。不,他是回到了儿时,谢天谢地,再也不是那个动辄"臣如何如何"的中书令了。

贾南风将紫檀木盒放进棺柩,贴在一痴身边,算是"骨肉还家"。本以为这个紫檀木盒会是她的陪葬,想不到还是让他带了走,可见一切都有定数。

一痴确实没有多少东西留下,真应了"赤身而来,赤身而去"那句话。但见横卷一幅,却无题名。外有封纸,纸上写有"留交"二字。留交何人?不得而知。

渐渐展开,慢慢看来,画中竟有一个女人。谁呢?难道是那"留交"之人?贾南风心有不甘,定睛细看,画上的女人竟是自己,而且颇得神韵。非邪非正,好一个本性之人。

神妙!神妙!

再看下去,又看出一心的悲凉。

从他们青春年少,到召他进宫,一一画来。

其实,她又何曾让他侍奉?又哪里舍得让他侍奉?不过想想,也许这就是合乎一痴理想的、他们之间的关系。

把持朝政十年,从头过眼——心黑手辣的阴谋,捉襟见肘的伎俩,你死我活的挣扎,狠下毒手的彷徨,四面楚歌的无助……啊,让她几乎无颜面对的过去!然而这都算不得什么,最为难得的是,一痴画出了她万般的"身不由己"。

她的一生,全在这句话里了。

何为人生之大悲?不过"身不由己"。

再看下去,贾南风更是无法把持自己——寂寞芳心,栏杆倚遍;一往情深,终不得愿……这么说来,她对一痴的情爱,一痴是一清二楚的。

果真一笔一墨都是情,是他不曾对她言说,也是她不敢奢望的情意。虽与一般人或她心向往之的男女之情很不相同,但有情如此,她也该知足了。

更为触目惊心的是,画中将她亲自操刀为他净身的细节一一展现,这才知道自己彼时的癫狂。又见她拥着一痴的"宝"一路狂奔,分不清是从她手腕上流出的血,还是从这握肉上流出的血,总之是他们的血,顺着她的朝服流淌下来,点点滴滴洒在她狂奔的路上。滴在路上的血,很快就开出一串又一串、散发着异香的小小的花朵。

原来那最要紧的、留也留不住的东西,那远去的声声漫漫,是他们混杂在一起、分不清你我的血滴洒在路上的声响,难怪自己要变作一个留也留不住的脚步,从此不知何去何从地飘荡而去。

另留有《心赋》一篇,长短四六,骈偶、音律、句式、韵仄十分讲究,字体方正,笔画平直,气度庄严,活脱脱一个一痴。

初看文不对题,细品足见用心良苦。她不能不说,这是一痴对她的最完美的回报了。

她到底是输了还是赢了？

那"留交"之人又是谁？

说到底，这幅横卷是不是留给她的，又有什么两样？既然是她得了这幅横卷，她可不就是那"留交"之人。

四

果然不出所料，司马遹死后不过一个月，宫廷政变，贾南风立刻被废黜为庶人。

首先冲进宫内将她擒拿在手的，自是那赵王司马伦。而后她就被囚禁在为皇族设置的监牢金墉城。

贾南风料到，处死她的办法没有什么特别之处，无非就是饮下金屑酒。

也无不平不公之憾。即便她死在今日，八王又能苟延残喘几时？说不定过不了几天，就得与她共享同一坛金屑酒。想不到斗了十年，最后还是没有输赢。

最后的日子说来就来，那日黄昏，数名士兵抬一只酒坛，随在赵王司马伦身后进了监牢。

贾南风对这酒坛太熟悉了。杨太后本该与她同饮这坛酒，可是没等这坛酒送来，便绝食而亡。这个对手，实在令她佩服。

现在轮到她了。

她看了看近前的士兵，估算了越过她和士兵之间这段距离的时间，觉得还有把握，便探身前去抽取士兵身上的佩剑。

可她哪里快得过身手迅捷的士兵？人们一拥而上，按住了她的手。

贾南风轻喝道："住手！"

那声断喝,既不激昂、愤慨,又是一个废为庶人的前皇后的声音,可是听来,生生还是一个至高无上的皇后。刀剑在握的男人,像是听到她还在其位的命令,个个垂下了手。

她那双眼睛,毕竟是享有过无上权力的眼睛。此时此刻,那双眼睛恰似万张满弓上的待发之箭,让人不敢相向。

可惜、可叹、可恨,如今只能引而不发了。

"不要用你们的脏手碰我。"贾南风威严地说。一点没有死之将至的惶恐、怯懦、不安。

她转过脸去,用宽大的袍袖遮住自己的面颊,如吹奏一曲长箫,舒缓、从容地将那杯金屑酒缓缓饮下,然后随手将酒杯一掷,再没有回过头来。

临死前,她还来得及烧掉那篇《心赋》,又将一痴留下的横卷紧拥在怀。

她轻抚那幅横卷,想着自己没有白白用一生来相守这个人,她为他所做的一切,不管后人如何诟骂,都值得了。

又想她英雄一世,辣手一世,叱咤一世,却死得如此无光无彩。她恨,她好恨哪!恨得她血脉偾张,恨得她翻转了五脏六腑……

这时她听见了窸窸窣窣的声响。

即便杀几头公牛,将公牛的鲜血洒遍每一个角落,也无法化解金墉城的阴气,除她之外,难道还有另一个活人吗?

没有一些勇气的人,如果被囚禁在这个城堡里,即便不喝那杯金屑酒,恐怕吓也得吓死。

她竟还有力气张望,是期待一个有人味儿的临终关怀吗?

原来是十多只耗子。它们匍匐而来,又四只一排,缓缓地绕她而行,最后蹲坐在她的脚下,不停地抖动着它们的长须。

是为她哭泣,还是为她送葬?

如此说来,她走得不甚凄凉。

难道这不比一个所谓有人味儿的临终关怀更好吗?

她该知足了。

满腔鲜血涌了上来。她尽力将头移开,以免污秽一痴的画卷。这样一幅言而不尽的画卷,原该留给后世,但愿后人可以尽数这幅画卷的故事。

可是来不及了。贾南风已经没有一丝力气移动自己的身体,哪怕仅仅是自己的头。

人生不过如此。于是一腔鲜血,伴着多少此生未了的爱恨情仇,以及不曾与人言说的委曲,泉涌般地喷上一痴的画卷……

贾南风的最后一瞥,留在了一痴的画卷上,心里最后闪过的念头是:

到了阴间,如何向一痴交代?

到了来世,难道还不能拥有一痴?

尾　声

一

毛莉走了。而且坚持把她带来的半幅画卷留给了叶楷文，丝毫没有奇货可居的投机意识。换作他人，即便不敲骨吸髓，也会开个让他一时难以付清的价码。

真对不起，她一定没想到会是这样一个结果。这结果又会带给她或她的家人怎样的影响？……但愿后果没那么严重，毛莉难道不是一个洒脱的人吗？

但无论如何，没有他或他这半幅画卷，毛莉可能还会像大部分人那样，不疼不痒地活着。

无论如何，在毛莉因故不能面试那阵儿，让职业介绍所另外推荐一名清洁工就好了。谁让自己对人的品格有那样的爱好？难道他雇用的是一位总统，而不是一名清洁工？尽管自己的品格不怎么样。

那样一来，这幅一分为二的画卷，也就没有了相逢的时日，或是又得错过不知多少世、多少代了……

随着毛莉"咔嚓"一声锁门之后,叶楷文便跌坐在沙发上,就这样左也不是、右也不是地思忖着,更不知如何消受眼下的事实。

不论对接后的那幅画卷如何震慑了叶楷文,并把他推上狂奋的巅峰,这一会儿,他却不由自主地掉进了落寞和迷茫。

长久以来的一份牵挂,竟到了曲终人散的时候。

曾经的牵挂,如晚秋时分的缤纷落叶,被一阵又一阵秋风卷走,留下一片灰茫茫的虚空和萧瑟。

曾经的心思,如万马奔腾、生命力似乎永远不会枯竭的暴风骤雨,突然被拦腰斩断,只剩下点点滴滴。那生命的残余,让人好不恓惶。

叶楷文本是满满登登的心,空了。

此后,还有什么能如此这般地填充他这种人的心?

奇怪,为什么会是这样?

…………

叶楷文最终长长地吁了一口气,算是对所有不能"解"的事体做个罢手。

好冷啊!

该把壁炉点燃。这样想着,便从沙发上站起……两条腿竟不听使唤,像在长途跋涉中耗尽了体力,如今到了终点,再也榨不出一丝气力来支撑自己。

眼睛也不好使了,像是患了重视,眼前的景物一变二、二变三地来回变幻不已。

不过他还是逞强地站了起来,先将壁炉点燃,又选了一瓶上好的干红葡萄酒,斟上一杯,在沙发上重新坐下,缓缓地饮了起来。

酒是好酒,又是平日里喜爱的一个牌子,今天却没了滋味。但他还是无情无绪地喝下去。此时,不喝酒又能如何?总得让自己的手里,其实是让自己的心里,有点抓挠。

喝了一杯又一杯,一瓶酒几乎见底,可还觉得阴冷,叶楷文便在燃着的柴堆上又加了一些柴段和一块固体汽油。

壁炉里的火轰的一下旺起。平日只做噼噗之声、扮演温馨角色的壁炉,突然迸发出极不安分的、繁多的声响。

这繁多的声响,让并不多愁善感的叶楷文突然多愁善感起来。

望着扑烁的火苗,叶楷文禁不住暗暗发问:"什么是火焰的生命?"

又,"这些燃着的树干,曾经生长在哪里?河流边、山涧里,还是高山上?"

不得而知。无从得知。可是燃烧的树干发出的声响越来越大。

在那些声响里,叶楷文听见了河的流淌,河水在石块上的碰撞,碰撞后的飞溅、飞旋;听见了狂风如何穿过山岭上的森林,那被搅扰的、山岭的万千根神经,发出了错乱的怒吼……

甚至听到一声断弦——不知当年这棵树在世的时候,树下发生过什么?

又一声高昂的、螺旋般向上盘旋的尖叫——人的,还是兽的?

甚至还有一声长达数秒的哨音。猛然间,叶楷文还以为自己开了电视,而电视里正在播放足球赛,小贝又为"皇马"进了一球……

燃烧的树干听起来各有各的脾性:有些脾气暴戾,有些阴阳怪气,有些缠绵低回,有些虚张声势,有些张狂不已……

本以为它们早都死了,河流、山涧、高山、琴弦、尖叫——不论是人的还是兽的,还有哨音,毕竟不知多少年代过去。

原来它们并没有死去,而是归隐在碎尸万段的树干里。当树干燃烧的时候,他们的灵魂可不就失去了最后的栖身之地,怎不发出最后的绝响?

火焰炸裂、爆裂、轰然塌落,闪出刺目的火花……不过是生命最后的挣扎、释放,最后与化为灰烬的树干同归于尽。这才是它们真正的死亡……也许未必,也许它们的生命又会转化为另一种形式,指不定又以什么方式再次与他相逢相遇。

人生的每一个拐弯儿、角落,不都藏满了奇迹、玄机?……

想着想着,叶楷文突然觉得有人站在了身后。不,不是人,而是一股阴气,在他身后游荡,周遭的气氛也变得瘆人起来。作为一个见过世面的男人,潇洒如叶楷文者,也不由得转过身去,环顾四周。

身后只是一片光影……

再察看门窗后面,以及每一处灯光不能光顾的角落……什么也没有。

他想了想,便打开所有的照明开关,屋子里的灯全亮了起来。尽管书房的布置是暖色调,各个灯盏也耀眼地亮着,可还是感到阴气沉沉。

叶楷文琢磨着这股阴气的由来。一抬头,这才发现,不知不觉自己竟写了那许多条幅,四方墙壁上,几乎被黑白二色铺满,白惨惨、黑森森的一片。而每一张条幅的下款,又没有盖上他的印章。这哪里是除夕的景色,分明是殡仪馆的模样!

连忙打开印盒,拿出印章,在印泥上按了又按,然后劈头盖脸地在那些条幅上盖下。每一款印章,便带着饱满的印油落在了条幅之上。

盖了一张又一张,一口气盖了个满堂红。然后他擦干净手指上的印油,退一步看看四壁,果然添了一些喜色,房间里似乎也有了人气。

这才放心地坐下。

过不了一会儿,那股阴气又在他的背后游荡起来。原来它并没有销声匿迹,而是居高临下地放他一会儿,让他稍事喘息。自己却在无所不在的地方,从容地揣摩他、撩逗他,它得以近身叶楷文,叶楷文却无法近身它。

渐渐地,那股阴气又凝聚为可以触摸的物质,试探性地向他靠近,或说是向他逼近、挤压过来,恐怖万分却又并不凶险,而是想要与他亲近。

如果一种恐怖的影像、氛围、物质……想要对人表示亲近,而不是谋杀、加害,绝对比恐怖更为恐怖。

这时又听见簌簌的响动,很轻、很轻,初始不知来自何方,后来才见四面墙上的条幅慢慢掀动起来,就像有人在翻阅、品评他写下的那些字幅。

不会是风吧?

室内哪儿来的风?冬天,门窗紧闭。

那些条幅仍在慢慢地掀动……动着,动着,一张条幅便从墙上飘然而下,悠悠荡荡,飘落、铺躺在壁炉里燃烧的树干上。

怪就怪在这张翩然而下的条幅,果然是他最不满意的一幅。

火苗伸出细小的舌头,在那张条幅上舔来舔去。火苗虽小,却心怀大意,在逐渐化为纸灰的条幅上,有去有留、有取有舍地舔出一张人面,细眉、细眼,就像埃及出土的木乃伊。人面上的情态也不狰狞,甚至还有一些笑意,逗他玩儿似的,好像知道这会使他惊骇。

再一转眼,玻璃窗外也映着一张一模一样的"脸"。那张"脸"透过玻璃窗,东探探、西转转,时而近、时而远地向他窥视。初始,叶楷文以为不过是壁炉里的那张"脸"在玻璃窗上的折射。他站起身来,对照壁炉和窗子的角度测来测去,最后发现,壁炉和那扇玻璃窗之间,根本不存在折射的可能。

那绝对是另一张同样的"脸"。但玻璃窗外这张"脸",却是有感觉、有生命的,不像壁炉里树干上的那张"脸",最终不过纸灰一片。

就在此时,玻璃窗外那张"脸",竟无障无碍地穿过玻璃窗,进了房间。没有躯干,没有手脚,仅就飘飘忽忽、凭空而至的一张"脸",却能一步一步走向叶楷文。

除了节节后退,叶楷文还能如何？可是后面的椅子挡住了他的退路。他看到"脸"笑了——难道笑他已成瓮中之鳖？

"脸"近近地贴着叶楷文,和他眼对眼、鼻对鼻、口对口地站下,显然"脸"的身高与他不相上下。

虽是一张飘飘忽忽的"脸",叶楷文却感到了一种气场。

"脸"的眉毛、眼睛、嘴巴也开始移动,好像在表达什么……是的,"脸"说话了,"脸"的确开口说话了。

"脸"说:"……"

"脸"的语言是无声的,像是在表演默片。尽管听不到任何声音,叶楷文还是听到了,"脸"要他重新展开那幅画卷。

他忙从柜子里拿出那幅画卷,又在大餐台上渐次铺开,想来,这该是"脸"所希望的吧？抬头看看"脸"还有什么要求,"脸"却不知何时消失得无影无踪。

再看看壁炉,就连壁炉里的那张纸灰"脸",也随着燃尽的树干变作了飞灰。

房间里的温度开始回升,那股阴气也渐渐被人间烟火替代。如果书案上没有按照"脸"的要求展开的那幅画卷,好像什么都没有发生过。

那么,"脸"真对他说了什么吗？是的,"脸"说了什么。

一切都已恢复正常,叶楷文的魂魄却久久不能归位。过了不短的时间,他才能遵照"脸"的要求,战战兢兢地向画卷望去。

难道还有什么怪异的事在等着他?

方才与毛莉一同看过的画卷,现在却大不相同,刚才还是与他毫不相干的一幅画卷,现在却与他息息相关了。

首先,他在画卷上那说不清被什么液体浸染过的暗处,发现了作者的落款名。

再看那落款名,又吓出一身冷汗,"某某一痴"四个字,赫然闯入他的眼帘。但是某某二字过于模糊,完全被那莫名的液体浸没,怎么看也看不出是哪两个字了。

不能说是完全的巧合,可"一痴"断然是他的小名。

不知道父母为什么给他起了这样一个小名,都是父亲读了不少唐诗宋词惹下的麻烦。

所以叶楷文就不怎么读书。书读多了就会无端地生出许多麻烦,看看那些不幸的人,多半是读书之人。

叶楷文特别不喜欢这个名字,改了又改:一吃、一持、一赤、一池、一驰、一弛什么的……

母亲说:"'一吃'为好。"因为他从小贪吃。

而叶楷文认为"一弛"最好,文武之道,一张一弛嘛。

父亲说:"为什么不取'一张'?"

父亲是什么?就是永远不满意你,永远认为有资格教导你的人。

最后他偏偏选了"一弛"。

父亲不过说了那么一句,随意而已,并不一定要他如何如何,叶楷文却是满心忤逆。不只父亲,好像冥冥之中还有一种无法摆脱的力量,总在对他进行围追堵截,或是按住他的头,逼他就范。那无形的、"不胜其负"的压迫,让他活得很不自在、很不舒坦,尤其当他自处的时候。他的潇洒,不过是打肿脸充胖子的自嘲、自慰、自勉。而他的玩世不恭,说不定就是对这种穷追不舍的逆反——为什么他就不能来个"卸下弓弦"?可是画面上的落款,五雷轰顶地向他宣告,挣脱这围追堵截的所有企图,都是白费,好比他将父亲给他起的这个名字改了又改:一吃、一持、一赤、一池、一驰、一弛什么的,以为就此可以"卸下弓弦"……可折腾来折腾去,到了儿,命运最后还是把他按回到了"一痴"。

低头再将画卷细细审视。

如果他刚才还在怀疑毛莉那个"故事"的含金量,那么现在他应该相信,毛莉没有癫痫病,更不用送她去医院。

渐渐地,叶楷文看到自己多年前在沙漠中的挣扎、翻滚……换句话说,他在这幅画卷上,看到了那天在沙漠中死而复生时看到的一切,并且比那时更为清晰、连贯,如亲历亲见般地真实。

那座宫殿,是的,那座宫殿又出现了。首先出现的还是那个男人,很像自己的一个祖先。叶楷文曾经揣测那男人是他的父亲还是他的祖父,不过也说不定,就是他自己。

同时出现的还有那个女人。

这女人叶楷文是如此熟悉,熟悉到不论天涯何处,不论时光流逝得多么久远,都能分辨出她的体味。那是一种奇异的花香,那种花朵,必得在一个男人和一个女人鲜血的混合浇灌下才能盛开,而且像昙花那样转瞬败落。

尽管世人无缘见到这种花朵,此时此刻,叶楷文却的的确确看到了这种花,不但不是臆想,而且他还知道,这花,是在一痴和贾南风的鲜血混合浇灌下而生。

此时此刻,叶楷文也断定,那女人正是贾南风。

…………

一千七百多年来,原来有人一直在追逐、寻找一个人,这个人负有收复这幅画卷的使命,或者不如说是收复贾南风和一痴的血。谁知道呢?

难道一痴早就知道这幅画卷会贻害人间,或后来得知多少祸害从此而生?……

既然如此,当初为什么要画这幅画?

也难说,究竟是画卷贻害人间,还是贾南风和一痴混合在一起的鲜血,最终变成了诅咒?他们的鲜血,如此这般地混合在一起,不变为诅咒又能变为什么?玫瑰吗?

或许这画卷承载着贾南风的期盼,期盼她永世不灭的爱。谁知道呢,说不定是贾南风的仇恨也未可知。否则她临死的时候,为什么不把这画卷与一痴的那篇《心赋》一起烧毁?

如果是爱,这样的爱情也太可怕了。有哪一种爱情可以如此执着,执着了一千七百多年?!贾南风,贾南风,你果然是个不同寻常的女子!

不过,这是画吗?这是一个,也许是两个,谁也不能靠近、解释的灵魂,一千七百多年来,在宇宙间没着没落地游荡……

这是画吗?分明是玩弄人间于股掌之中,以图报复莫名的一个妖孽、一个厉鬼……从画卷上那些收藏者的印章便可得知,凡拥有过这幅画卷的人,没有一个有好下场,却又没有一个愿意将它放弃。

叶楷文终于明白,有人安排了他的生与死。本该在沙漠中死去的他,能从沙漠中死里逃生,是有条件的。

那时,他不能死,死不得。就像四合院里的那位老人所说,他得把这幅一分为二的画卷,合而为一。

说是一幅画卷的合而为一,可谁又能说不是将两个苦苦分离一千七百多年的灵魂,合而为一?

老人怎么就知道他能完成这个任务?甚至不关心他如何才

能收复这幅长卷,他又是否愿意担当这一重任……好像他就该这样做,天经地义。

难道前生、前前生,他欠了谁、负了谁,这辈子非得偿还不可?难道他真是一痴,既然灾祸从他而起,也得由他来负责到底?

怪不得他这一生毫无作为,原来他不过是世间的一个过客,一个负有收复使命的过客。回想一下,他这一辈子有什么作为,有什么精彩之处?果然没有。

将这幅画卷合而为一之后,说不定他就该离开这个世界了。

这是一个什么样的夜晚啊……

忽然之间,叶楷文觉得头顶直响,簌簌地,麦子拔节似的。

到盥洗室的镜子前一照,真是"一画阅尽头飞雪"!

他在镜子里看了四五十年的那张面孔,也变得十分陌生。叶楷文不认识自己了。

镜子里的人,是小名叫做一弛的自己,还是西晋贾南风的一痴?没错,他是一弛,是叶楷文,是非常不同的一个人。

接着他又非常不自信地问道,他果真是与贾南风的一痴毫无关联的一弛吗?

或许在沙漠里遭遇那场风暴的时候,他早就死去了,活下来的不过是自己的躯壳,内里已然被另一个灵魂置换,所谓的"借尸还魂"。

…………

忽有尖怪的笑声冲入耳膜。谁,这是谁发出的恶笑?循声而去,竟是叶楷文自己。不,不可能!

不论自己如何"作恶多端",可从未发出过这样的笑声。这肯定是另一个人的笑声,说不定是贾南风的灵魂也附上了他的躯体——除了她,谁还能发出这样的恶笑?

无论叶楷文多么不喜欢这样的笑声,这笑声就是不肯停下。逼得他不得不大声狂吼,以干扰、阻拦这令他嫌恶的笑声。

他不知狂吼了多久,直吼得天昏地暗,直吼得自己的狂吼也变作了恶笑。在这压抑了不知多久、似男似女的恶笑里,叶楷文将他为这幅画卷付出的惊骇、牵挂、思虑、辛苦、力气……倾倒得干干净净。

是啊!

谁能证明这是一痴的画?

谁能证明西晋有位中书令叫作一痴?

谁能证明贾南风与妹妹贾午,有过一个共同的、青梅竹马的恋人?

谁能证明贾南风最后的一腔鲜血,喷洒在了这幅画卷上?

谁能证明贾南风是一个专权的皇后,西晋所有的腐败及其覆灭全是她的罪过?谁又能证明不是她的罪过?

谁能证明这幅画用的是晋纸?谁又能证明晋纸果然是小幅?

谁能证明晋纸也好,还是其他什么纸也好,竟能保存一千七百多年而不碎为纸屑?

谁能证明这就是晋代的绘画?晋代流传至今的书画少之又少,如何这幅画卷得以保存至今?科学保管只是近代的事情,无论哪一份有年头儿的书画收藏,都不可避免潮、霉、虫蛀的厄运,又何况一千七百多年间,天灾人祸、颠沛流离、频频易主,竟能流传至今,不是鬼话又是什么?

谁能证明这些荒诞不经的事,不是后来有个叫张洁的人胡说八道,又是什么?

…………

二

叶楷文多虑了。

岂不知毛莉将那幅画卷的离奇遭遇告诉父母之后,托尼、海伦,只是心有灵犀地相视良久,除此,什么情况也没有出现。托尼甚至舒心地说:"很好,毛莉你做得很对,终于让它有个完满的结局。"听上去,像是避免了一场灾祸,从此可以安居乐业。而在此前,无论怎样对它视而不见,总像是悬着一个未了的疑案。

尽管结婚多年,托尼从未向海伦提及这半幅画卷,海伦却是一副早知如此的模样。她对托尼说:"亲爱的,我相信这个奇迹,你我二人之间的不言而喻。"

只是当夜,他们在壁炉旁相拥坐了很久,一副乐天知命的样子。还有什么人,比这一对夫妇更安恬呢?

而毛莉生长在这样一个家庭,钱的概念并不十分强烈。比如,她从未算计过她对这幅画卷的贡献,在这幅画卷的经济效益上应当占有几成比例,而她又能分得多少……

至于弟弟亨利,完全把毛莉的叙述当作了海外奇谈,虽说嘴里不断发出惊诧的音节,可谁都能听出那些音节的三心二意,然后就忙不迭地谈他即将到来的垒球赛季。说真的,千山万水、一千七百多年前的人和事,就是再离奇,听听也就够了,还能如何?好比自己的林肯总统,即便最后闹清他是如何死的,又能怎样?

反过来说,除了亨利自己,大家对即将到来的垒球赛季,也没表现出非常的兴趣。

可是,如果对什么都不能沉醉其中的话,人生也许就失去了另一方面的乐趣,是不是呢?海伦的祖父曾说"凡事不可过于痴迷,过于痴迷,就会带来不幸",对也不对?

毛莉依旧每个周末到叶楷文家里做清扫。

头一个周末没有见到叶楷文先生。毛莉没有在意,过去也有她来清扫叶楷文不在家的时候,反正她有公寓的钥匙。

第二个周末,叶楷文还是没有在家。毛莉仍然没有感到什么意外。

第三个周末,叶楷文还是不在。毛莉有些奇怪了,向门房打探。门房说,若干天以前,见叶楷文先生提着一只皮箱出去了,至今还没见他回来,不过他经常在世界各地跑来跑去,几周不照面也是常有的事,没什么特别之处。

到第四个周末,叶楷文还是没有消息。

在公寓前厅,毛莉碰到了隔壁的邻居太太和楼上的邻居太太。隔壁的太太说:几周之前,半夜三更的,她听见救护车来过,但是救护人员没有上楼,而是直奔后院楼下,像是有人跳了楼。不知是谁,单看个头儿,和叶先生差不多。不过她是从楼上的窗口下望,不能十分肯定。

楼上的邻居太太说,不,那不是救护车,而是救火车,她在楼上,都嗅到了什么东西燃烧的气味儿,那气味儿像是从叶先生家里传出来的。

有关叶楷文的下落,莫衷一是。毛莉只好把钥匙交给门房,不再去为叶楷文工作。她想,等叶楷文先生回来,自会打电话给她。

毛莉回到了从前的生活,却没回到职业介绍所去登记,以便另寻雇主,而是终日无所事事,也有点魂不守舍地待在家里。她常常坐在阳台的一张摇椅上,胳膊肘撑在摇椅的扶手上,食指和中指夹着一支烟,任那支烟自顾自地化为灰烬,也不抽上一口。

一有电话铃响,第一个跑去接电话的总是她。这时,父亲和母亲就会对望一眼,满眼的对话里包含着许多内容,就是没有忧虑。

是的,毛莉挂心叶楷文的下落,不仅仅因为他们之间的情谊。那情谊有点特别,既不像哥们儿,也不像朋友,说是战友也不妥帖……不如说冥冥之中有一种神秘的力量把他们粘在了一起——不管他们本人情愿还是不情愿,就这么牢牢地粘在一起了。

更重要的是,她心里挂着许多悬疑:自己到底来自何方?那所风格奇特的大宅子,与她和她的家族到底是什么关系?她与那所大宅子间的感应,以及画面上显示的家族故事,是确有其事,还是她一时中邪?……探索自己的来处,永远是人类不懈的痴迷。即便科学家告诉我们,人是从猿猴变来的,可是人类永远认为自己还有更离奇、更神秘的源头——毛莉这样对自己说。

两个多月过去,毛莉收到一封信,信中只有短短一句话:"到印加帝国去吧,人类的许多疑惑,差不多在那里都可以找到答案。"

印加帝国?那个从来没有文字的印加帝国早已消亡,留下的只是印加帝国的N代子孙秘鲁……即便没有消亡,那样大的地域,上哪儿找去?连最基本的东、南、西、北方的指示也没有。又去找谁?哪个家族?何方人氏?姓甚名谁?一个从来没有文字、早已消亡的帝国,能告诉后人什么?……

难道要她将印加帝国或是印加帝国的N代子孙秘鲁,一寸一寸地搜寻、丈量?难道要她将那里成千上万的人,诸个儿打问一番？或是将他们祖先留下的结绳——破译？

难道就这一句话？还有没有更多的线索？

看看邮票——那储存大量信息的方寸之地，不过是一方含意不明、令人颇为费解的图片，更无邮戳。毛莉是无法从这里得知这封信来自哪个国家，哪个城市了。

又将那封信掉过来、翻过去，几乎将信封、信纸揭掉一层皮，也没有找到更多的文字。

既没有回信地址，也没有寄信人的姓名，只在信的末尾看到一个签字"Z"。

这是某个人的姓，还是某个人的名字缩写？

想必这位 Z 会知道得多一些。可是，又上哪儿去找这位 Z？

2005 年 2 月 Schoeppingen　一稿

2005 年 9 月 11 日　北京　二稿

2005 年 11 月 5 日　北京　三稿

附　录

答《收获》钟红明女士

钟红明：您的长篇小说标题很有意味。《无字》中的"无字"也许是不言之言,不文之文,那么,何为"知在"?

张洁：是一种态度吧。

钟红明：记得我上大一的时候,第一个作品讨论会就是讨论您的《爱是不能忘记的》,然后我在《收获》做了二十一年的编辑。读过您的许多小说,它们在作品的风格和形态上差异如此鲜明,有人用一个人的成长期来描述您的小说的少女期、成熟期等等,从唯美诗情的古典主义,正统的现实主义,冷峻的现实主义,到荒诞审丑的现代主义……也许任何定义都是一种限制,但我还是想请问,这是否表明您对艺术对人生对这个世界的整体感受发生了变化,这种变化异常强烈?您不断突破自己的动力来自什么?

张洁：因为写作是我生命存在的一种形式。我不是一个聪明的作家,才分也有限,可我舍得下死力气,并努力不要重复自己。

钟红明：《无字》透着骨子里的冷和切肤的伤痛，有人当成您个人的心史来读。《知在》给我的总体感觉是，人物总是坠入在极端的情境中，和常态和世俗背离很远，极端，激烈，坎坷，传奇，惊心动魄。但我也看到了温暖的色调。在这个小说里，您把自己藏得比较深，是吗？

张洁：小说创作没有、也不应该有固定的模式，怎么写，要看自己在与那个"题材"碰撞时的状态。而且我喜欢"试一试"，试的结果是，虽然都是自己的作品，有时风格相距甚远。哪怕是对饮食，也喜欢试一试。我经常出访，面对许多陌生的食品，首先不是拒绝，而是先尝一遍，算是普查，总会试出特别适合自己口味的，然后可以持之以恒地享用，难道不也是一种收获？

钟红明：这部小说的结构很有意思，我觉得主角不是叶楷文或几个涉及到的人物，而是那幅被分成两半的晋画（让我想起黄公望的《富春山居图》画卷）。这幅画是一个连接的主线，画面、画画的人也是我从这部小说里读到的最刻骨的灵魂：那是一种奇异的花香，那种花朵，必得在一个男人和一个女人鲜血的混合浇灌下，才能盛开，而且像昙花那样转瞬败落。这是一个绵延一千七百年的诅咒，而叶楷文负有收复画卷的使命，或者说，是收复那血的。贾南风以一生相守对一痴的爱情，亲自为他净身……令人慨叹。真的，从您的小说，包括这部小说，爱情真的是有太多的定义了。

张洁：这部小说的主角的确是那幅画。不要说爱情这种最不靠谱的事，世上很多事情都是没有答案的，或是没有统一的答案。每个人都有自己独特的人生经验，这些独特的经验自然会形成各自的道理，很难简单地判断对错。

钟红明：您的作品，即使描述爱情，也是与社会和时代背景密不可分。《知在》发生在清末，社会和时代的动荡，人生注定了非常坎坷,在短瞬间爱情和生命都走到了尽头。不是有评论用"史诗体"来评述您的《无字》吗?"具有了某种思想文化意义上的启蒙"。"史诗",您怎么看?您又怎么看宏大叙事?

张洁:一部作品,采取哪一种表现形式,只能根据所要表现的内容来决定。形式固然重要,但要与内容相辅相成。有关长篇的创作,很多作家都发表了精辟的见解,我只补充一点:长篇要求坚硬的质地和力气,这里指的不是题材,哪怕那是一个关于风花雪月的故事,也要具备坚硬的质地和力气。这就是为什么我把长篇比作交响乐的原因。

钟红明:孪生的两位格格,原本应该相依为命,却因为送错了信,姐姐偷走了妹妹的爱,导致金文萱一个人拎着精致的小皮箱,语言不通,钱财用尽,流落在美国的街头。却保有骨子里的尊贵。当她终于安身立命,却在大火中丧生,她的女儿安吉拉因为爱情走上断头台……爱情让人中毒。温暖转瞬即逝,错过却是常态,爱情,永恒,或许是因为错过和伤痛才刻骨铭心,因为短暂才不断誓言到永久。

张洁:这就是人间万象。

钟红明:《知在》里面,人物的命运其实是很被动的,人无法主动选择人生的走向,除了金文茜主动选择了将错就错,背叛了亲情,偷来了爱情。在命运面前,人的种种努力不过是不能放弃的挣扎。您相信宿命吗?

张洁:我不信神鬼,但我相信宇宙里有一种神秘的、无法了解而又可以操纵我们命运的力量。

钟红明:您说,人生之大悲,不过身不由己,让人无言,和感慨。

张洁:也是尽在不言中的、一抹悲凉的暖意。

钟红明:您在《知在》的创作中,是如何做艺术准备的呢?

写作中有觉得困难之处吗?

张洁:很困难,特别是第六章,吃力而不讨好。比如为了找一个可以与一痴下围棋的合适人选,我不得不花三天多的时间,将西晋朝中官员捋一遍。换一位家学渊源的作家,人家马上就能选出一位合适的人选。

我也不明白怎么会写这样一部小说,显然自不量力。自小就不喜欢历史,历史考试也常常不及格,写这样的小说不是自暴其短又是什么,又怎么能不出硬伤。所幸有隋丽君这样负责的编辑把关,《无字》也是如此。

除了责编,朋友们也提出了许多宝贵意见,如果人家马马虎虎看完,说声"不错"我又能如何?但我是有福气的人,朋友们的阅读非常认真,并提出了许多中肯的意见,使我避免了更多的失误。

可是历史知识的根本匮乏,不是靠一朝一夕恶补就能解决的。而对某一事件,史家们的说法也不尽相同。比如关于晋纸的尺寸,其说不一,最后只好不提具体尺寸。总的来说,遗憾很多,我干了一件自不量力的事。

钟红明:我很喜欢您小说里的叙述语言,优雅、凄厉、阴郁的韵致,那种残酷得有点美丽的色调,那些画面感,那些不动声色却惊心动魄的细节。所以有评论说您有悲慨之气。您写作之外有兴趣做的是什么?最近又读什么?

张洁:我会自得其乐,喜欢美食、音乐(与通俗音乐没有瓜葛)、学习油画,如果画得不错可能会给自己一些奖励。还要写小说,下面还有两部长篇已在酝酿之中,一天到晚非常忙碌。《人民文学》第四期会有我的一个短篇《四个烟筒》,和《知在》风格完全不同,也许你会喜欢。

钟红明:您也许会在您的整体创作中给《知在》一个什么评价和位置? 一次试探性的游走,还是……

张洁:就像上面所说,是对自己的挑战和考验,也是对能否接近那神秘力量的一种试探。

钟红明:作为中国唯一两次获得茅盾文学奖的作家,您曾经在采访中表示了对文学的虔诚:"写作是我生命的存在方式。"那么,您觉得在影像的世界如此丰富地渗透到人的生活中的今天,人们为什么读小说?文学存在的力量在哪里?

张洁:还有多少人在读小说?我指的是文学。尽管书店里的书堆积如山,文学的创作和阅读,却越来越边缘化,越来越成为小众的事。不过这也没什么不好,也许因此这个队伍更纯粹了。而创作于我越来越成为个人的事,越来越与他人无关。如果有人还对文学怀有敬意,不论是作家还是读者,肯定是被曾经的古典主义大浪,遗忘在岸上的一枚文学化石,我愿意向这些文学化石表示敬意。

钟红明:大家说您是女性主义的立场,您愿意这样被概括吗?我觉得您的小说中的女性,往往体现了一种独立的品质。但对整个世界的看法是悲观的。

张洁:不愿被人这样概括,这不是画地为牢吗?所以特别感谢你的理解。

钟红明:您和您的普通读者交流过吗?对今天年轻的读者和写作者,您有话吗?

张洁:不沟通,也不期待沟通,不仅仅是与普通读者,包括与其他的人。我说过多次,人类是不可沟通的,你我这样"说一说"不过是彼此多知道一些,"知道"与"沟通"是两回事,所以我很不喜欢到媒体上去"说一说"。肯尼迪说过:世界上有五分之一的人,永远在说no,我觉得他是不是过于乐观?在我看来,如果有五分之二的人在说no,就算好的了。如果我们对这个比例有所认识,很多事便会失去对我们的控制。

答《南方日报》陈黎女士

陈黎：我看到不少媒体都说：张洁转型了，《知在》使用悬疑手法讲述爱情故事，诸如此类的说法。可我个人感觉，这是对《知在》最肤浅的误读。首先，我印象中的张洁始终是个风格多变的作家，写什么都是有可能的。就像你在《长篇小说选刊》里说的，"有时我想，我可能不过是台机器，并没有自己的'创作'，我的所谓'创作'，仅仅是为我所能感知的、宇宙里的那个'神秘'，传递一些信息而已"。另外，我也不觉得《知在》用的是悬疑手法。《知在》里总有一股冥冥的气息在流动，像是背后有一个人，有一张脸，如果说它是悬疑，很可能把它庸俗化了。不知您怎么看？

张洁：谢谢。我一直在为不形成"风格"而努力，早在（二十世纪）八十年代，当国内、国外有人评论我像"契诃夫"时，可把我吓着了。我绝对不愿意像谁，一个艺术家一旦像了谁，似乎就没有前途可言了。于是马上开始不形成"风格"的尝试，比如《沉重的翅膀》与《未了录》的差别，《楞格儿里格儿楞》《横过马路》《鱼饵》《他有什么病》等等与《森林里来的孩子》《爱，是不能忘记的》差别……

说到对《知在》的反馈,我倒觉得一本小说完稿并交付市场之后,就不是作家的事了,应该是任人评说。而且从我的阅读经验来说,同样一本书、同样一首诗,以及同样一幅绘画等等,在不同的年龄段,都会有不同的理解。当然每个人也会根据自己的人生经验,对同一本小说作不同的理解。这也是我在完成一部小说之后,从来不向读者规范自己小说意向的一个原因,其实读者的空间,有作家想象不到的广阔。

陈黎:您说不要探究《知在》从何而来,不要去讨论"知在"的具体含义,因为不可言说。但是我还是想知道,"知在"这两个字从何而来,是一开始就定的小说名吗?(我查了一下资料,道教有位大师,名"知在",别的就什么也查不到了。)

张洁:《知在》这个名字来得实在偶然,灵机一动而已,更没有像你这样为它查找由来。可是你的认真查找,更让我感到它来得虚无缥缈。也曾想过其他两个名字,又与一位朋友做过商讨,这位朋友的姓名不便透露,但她的选择起了决定性的作用。

陈黎:恕我直言,小说的一开头不是太吸引我。(李敬泽可能也暗含这个意思?)我想了想我的原因,《知在》里面的人物我都很喜欢,唯独对叶楷文没有感觉。看似是主角的叶楷文本身没有故事,是一个穿针引线的道具。可是突然之间,两个格格出来了,小说立刻变得非常好看。在我的阅读体验中,这种经历非常少。就在我快要放弃的时候,这篇小说越来越闪闪发光。我很想知道,您自己对开头是怎样看的?是不是做过很多修改?如果不用叶楷文来串故事,说不定会是个更完美的小说?

张洁:没关系,即便你不喜欢整个小说,我也不会介意。尽管我希望读者喜欢我的小说,但我实在明白,世界上没有一本书会被所有的读者接受。

说到书中的人物,除了那幅画,谁也不是《知在》的主角,而书中人物不过是那幅画的载体,叶楷文更是一个不可或缺的载体。

小说当然做过许多修改。这是我的毛病,正式付印之前总在修改,做过我编辑的人都知道我的这个毛病。我说过,我不是一个聪明的作家,才情也有限,但我是个肯下死力气的作家。

陈黎:您以前在一次采访中说过,"我以前的作品在结构上不是很好,也许外行人看不出来,但我知道。细节是我的长项,没有问题,而通过这部书(《无字》)我在结构方面熟练了起来。"读完《知在》后,我和一些读者的感觉可能正好相反,一点都没觉得结构复杂得难以掌握。虽然时空跳跃极大,人物也不少,但是越读到后,越给人一气呵成的快感,极其流畅。流畅而又充满张力,这是非常难以达到的,我认为《知在》做到了。您对《知在》在结构上有什么自我评价吗?

张洁:读者看到的只是一个结果,哪个读者能知道作家、编辑在一本书后面的付出?你给了《知在》这样高的评价,的确让我心生感激,谢谢你,接受了我和编辑为这本小说做的努力。

陈黎:我特别喜欢金文萱和约瑟夫的故事,看到你说"约瑟夫才明白,那个让他心疼的'爱',此前一直蜷曲在肥沃的心土之下,霎时间,就让他猝不及防、铺天盖地地伸展开来",我以为下面还有更美好的爱情描述,没想到他们被大火烧死了,真是意犹未尽啊。这一段没让读者看过瘾,如果有机会下次修改,会考虑再多写点他们的故事吗?

张洁:因为我不敢保证,如果金文萱和约瑟夫活到一百岁,他们的情爱是否还能保持这个状态。再有,我现在有些领略中国绘画中"留白"的妙意,所以不会再为他们的故事"画蛇添足"。

陈黎：你有一次说过，"最近一些短篇小说背景都放在国外，比如《玫瑰的灰尘》《听彗星无声的滑行》，因为某些细腻的东西在本土喧嚣的环境里没法落脚。"我看《知在》时忽然想起了你说的这些话。《知在》里发生在美国的故事，从金文萱、安吉拉到托尼、毛莉，无一不精彩，相比之下，发生在中国的故事，如叶楷文和乔戈老爷就弱一些。在《知在》里，好像有一种规律，空间上越远的（美国），时间上越远的（晋朝），张洁写得就越漂亮。我好奇您自己是否注意到这一点，或者同意这一点呢？

张洁：也许是许多人物都被其他作家写尽，而我又没有能力写出新意；也许我对远方的人或物，比近前的人或物更为熟悉？我常常觉得当我和远方（不是度量意义上的）的风景、和动物在一起的时候，更加自由自在。

陈黎：整个小说紧绷的弦中，插进了特别好玩的一段，就是托尼、萨拉、海伦、海伦的托尼这四角关系。这个桥段是怎么构想的，在你生活中有没有遇到这样的事呢？

张洁：你的反应恰好证明了我在第一个回答中的说法，即根据自己的人生经验，同样一件事物，每个人都会有不同的理解，比如，我不认为这个段落是好玩的，比如，我认为动物（尤其是狗和猫）比我知道得多，比我光明等等，有时我爱它们比爱人多。

陈黎：你去年说，"最近在西班牙的一个火山岛我又得到了一个长篇小说的灵感。那里的火山岩浆特别狰狞，给了我强烈的冲击。当然，还很模糊，但我知道有一个长篇来了。"我想知道，这部小说开始写了吗？大概会是什么内容呢？

张洁：开始了，即便开始，进展得也非常慢，我说了，我不是一个聪明的作家。内容不便透露。

陈黎：你自己最满意《知在》里哪个人物，或是哪一段故事？

安吉拉？贾南风？这两个女人在狠劲上有点像。

张洁：我对书中的哪个人物都没有好恶，这真的只是一部小说而已。如果非让我选择，我喜欢那只名叫托尼的狗。

陈黎：《知在》最让我意外的是，从两个格格出场后，我本以为这会是一部传统的家族小说（因为又是古画，又是王爷的）。但是作者很聪明，她做了一件出人意料的事。作者没有这样去写。您最初是怎么设想的？还是单纯地被小说本身推动向前？

张洁：又该说我不是一个聪明的作家了，被人写过、而又写得精彩的东西，只能尽量避免重复。而且我现在的写作，真有点不由自主，一个又一个意象不知怎样就来到脑子里，一出来就比较完整，我所做的只是努力把它表现出来。我老是担心脑子里的这些意象，不等写出来，我就爬不动、也写不动了，毕竟我已经很老了。

陈黎：您说自己曾经是个愤青，现在不愤怒了。您最喜欢的恋爱模式是革命加恋爱。回头去看走过的岁月，心中有怎样的感慨呢？

张洁：这个问题好像和写作的关系不大。

陈黎：《无字》花费了您许多功夫和心血。您现在的心态和写《无字》时的心态有什么不一样了吗？

张洁：《无字》是我要用毕生精力去偿还的一个心债，我要把为写《无字》积攒了几十年的精力，心无旁骛地用在《无字》上，不敢有半点游移。何况我是一根筋，一旦决定做什么，一定做到极致，效果好坏不敢保证，因为没有多么了不起的才能，可绝不会半途而废。偿还这个心债之后，我就解放了，也有能力顾及其他小说了。

陈黎：见过您的人都说您美，您高兴吗？

张洁：一个年届七十的人，讨论这个问题是不是有点滑稽？

但无论如何,总要感谢人们的善意。作为一个作家,最希望被人欣赏、肯定的,其实是我的文字,那才应该是我的骄傲,可惜很少听到这样的反馈。不过文学越来越成为一件自娱自乐、非常个人的事,我不该有这样的奢望。

陈黎:您的朋友们对《知在》有什么样的评价呢? 可以说吗?

张洁:书今天刚拿到手,还没来得及送他们呢。

答胡殷红女士

胡殷红："知在"是一个很抽象的词,一面是"知",一面是"在",这个"在"是不是就是指"存在"？小说中那些人物,其实对自己的来龙去脉都不自知,他们都不知道那幅神秘的画对他们究竟意味着什么,这是不是意味着所有的人其实都是"不知在"？

张洁：请原谅,我不认为一个不可能有具体的、"物质"性答案的问题,通过人们的讨论,会得到一个答案。

胡殷红：专家和读者对《无字》给予了很高评价,我也喜欢《无字》,而相比于《无字》,《知在》的风格有了很大改变。评论家李敬泽说《无字》是自我吞噬式的作品,而《知在》是在"追逐猎物"。这是否意味着您的改变不仅仅是风格上的,而且更是内在的艺术态度的改变,是作家与世界的关系的一次调整？

张洁：这个问题问得很好,也很到位。对我来说,应该看作是某种潜在灵魂深处的东西,于某个适当时机的爆发吧？这当然指的不是一本具体的《知在》,正像你所说的,是一种内在的艺术态度。

每个人的艺术态度,实际上是由他的价值观、美学观、人生观,甚至他的"出生地",说得玄乎一点,还有他的灵魂决定的,因素极其复杂,而这些因素,又随着我们无法控制的命运的变化,无时不在变化……所以同样一个人的作品,也是异彩纷呈的。但我认为一个人的灵魂,冥冥中早已注定,无论什么力量也改变不了。

胡殷红:读《知在》,觉得这部作品的时空非常繁复,从中国到美国,从古代到现代。人们在如此复杂的时空中离合,既不是由于必然也不是由于偶然,而是由于神秘的"缘"。您的作品所表达的对人的命运的这种想象方式在新时期文学中是相当独特的。李敬泽说这是一种中国式的想象,它源于中国传统文化。您认可这样的评价吗?

张洁:我不记得李敬泽先生说到它是中国式的想象,源于中国传统文化。但他对《知在》的批评是中肯的,在我们私下的谈话里,他对《知在》的批评更是"不留情面",可是非常中肯,这对我以后的创作大有好处。只是他在文章发表时,给我这个老太太留了面子。一个评论家,如果对作品只说"好话",而没有中肯的批评意见,不能算是好评论家。我一直羡慕帝俄时代文学家与评论家的关系,那是在对文学共同的"信仰"上,培植起来的一种互动关系——请用"信仰"这两个字吧,尽管如今文学已经靠边儿站,但我仍然要用这两个字,来代表我对文学的敬意。当然,对某篇评论,应该具备一定的分辨能力,之后再决定取舍,对此我有足够的信心,既不会被人骂晕,也不会被人捧晕,你把这叫作没脸没皮也行。

我已与李敬泽先生相约,以后我的每部小说发表之前,一定要请他把把关。他答应了,希望不要毁约,因为他太忙。此外我还有几个朋友,甚至是小朋友,他们对我的作品也很负责,届时我也会请他们帮我把把关。

胡殷红:《知在》有那么多人物,它的主角是谁?我认为,那幅古画能这样理解吗?就是主角,就像《红楼梦》的主角是一块玉一样。

张洁:是那幅画。难道它不比人物的故事更有意思吗?

胡殷红:我注意到,读者大多是关注《知在》中传奇的、神秘的、历史的元素。但《知在》想必是与我们在这个时代的真实关切有关,也就是说,它针对着我们的幻觉、困惑和问题。您能否谈谈这方面的想法?

张洁:《知在》好像与我们这个时代没有什么直接关系,我不过是在探求一种也许并不存在,却让我感到无时不在、无法解释,却又让我迷茫不已的意念,或说是我的臆想。我明知这个探求是没有结果的,也是不可能的,可我不能罢手。

胡殷红:李敬泽批评《知在》在艺术上比较专断、急躁,他认为您应该给你的人物更多的自由。您对此是怎么看的?

张洁:他指的是开篇部分我对人物的掌控。当然,他的意见是正确的。

李敬泽先生是我很敬重的一位评论家,他的文学视角是世界性的,我很少看到他解释某一部小说的故事或人物,而是直击文学的本质,所以我很重视他的意见。有时我感到奇怪,他是不是有什么特异功能,为什么一眼就能看出我的"死穴",看出我那些欲盖弥彰的不足,比如他一下就指出《知在》第六章的勉强,而我正是在那里"陷入泥潭"……还有我在"叙述"方面存在的问题(事后想了想,对这一点我持有不同意见),尽管是私下里的批评,仍然让我有点脸红。

答赵明宇女士

赵明宇：这部十三万字的小说虽然篇幅不是很长，但构思缜密，情节复杂，从构思到创作完成一共用了多长时间？能简单谈谈您的创作过程吗？最初的创作灵感来自哪里呢？是完全凭空想象，还是有背景可查？

张洁：写完《无字》后就开始构思这部长篇，应该说有两三年的时间。

但完成后的《知在》与当初的设想相差很远，这就是我从来不写写作提纲的原因。写作提纲对我没什么用，我会不断质疑、否定当初的设想，正因为不断地质疑、否定，结果与最初的设想经常相去万里。

连《无字》这样八十多万字的长篇，我也没有写过写作提纲，只是想想第一部写什么、第二部写什么、第三部写什么，然后坐下来写。虽然没有写作提纲，但脑子里无时不在考虑它，甚至连睡觉、走路都在想，那一年因为只顾想我的小说怎么写，走路时心不在焉，以致跌了一跤把踝骨摔断。

说到《知在》最初的灵感，我在《长篇小说选刊》的所谓创作谈中说过,对我来说,不仅仅是《知在》,越是写到后来,越是不知道一篇小说的影子最初从何而来,不像写作初始,非常明确自己要写一个什么样的小说,主题、人物什么的。

比如《知在》既不是凭空想象,也毫无背景可言。

难道是二十多年前在巴黎看到的那幅画吗,但我无论如何不能肯定。

不过是有那么一天,一幅"画"突然出现在眼前,很模糊,说它是画也可,说它是幻影也可,这幅画怎么来、怎么去,毫无线索,只知道赶快扑上去,抓住它,抓住这个感觉,在与它不断地撕扯、逃匿与反逃匿中,线条才渐渐清晰起来,并成为一部小说。

更无法具体说出这部小说是如何成形的。有时我想,我可能不过是台机器,并没有自己的"创作"。我的所谓"创作",仅仅是为我所能感知的宇宙里的那个"神秘",传递一些信息而已,它能选中我为它传递一些信息,是我的幸运。

赵明宇:"知在"这个书名甚至比"无字"更抽象,该如何理解这个书名?当初为什么起了这样一个名字?您在接受钟红明采访时,对这个书名的解释非常简洁,只回答说"是一种态度"。呵呵,能否请张洁老师对书名做详细一点的解释?

张洁:就是一种态度。我想这个回答既是详细的也是包容的。

赵明宇:开始阅读《知在》的过程是产生疑问的过程,因为不知道一些不断出现的人物与最初的叶楷文有何关联。看下去,尤其看到金文萱在美国落魄的生活慢慢有了变化后,最初的疑问才渐渐找到答案——原来叶楷文并非主角。而且小说的每章内容跳跃性很大,一会儿讲今天,一会儿讲民国,一会儿又讲晋朝,这样一种故事架构方式在您以前的小说里很少见。怎么想到用这样一种叙述结果讲故事?

张洁:如果有人说我是什么"风格",我会感到害怕,那说明我已经固定了,改变不了了。比如你听德彪西听多了,就会感到重复,听贝多芬听多了,也有重复的感觉。艺术家要想突破自己是非常困难的,对功底不足的我更是如此。但只要我还写得动,就要为不形成"风格"而努力。

赵明宇:您在接受钟红明采访时,说过一句很可爱的话:谈到自己为创作《知在》恶补历史知识,做了种种努力,然后说"总的来说,遗憾很多,我干了一件自不量力的事"。呵呵,由此可见您是个追求完美的人。对《知在》这部作品,您对哪些方面比较满意;是否有遗憾的地方,是什么呢?

张洁:的确是恶补。自小就不喜欢历史,历史常常考不及格,我母亲为此没少着急、生气,老师也没少打我的手心。你能想象得出,一个经常让老师打手心的女孩子,是个糟糕到什么程度的孩子,尤其在那个时代。由于要写《知在》,才知道自己的历史知识匮乏到何等程度,真是少小不努力老大徒伤悲,只得恶补。可历史知识的极端匮乏,不是靠一朝一夕的恶补就能补上的,所以《知在》有很多"硬伤"。幸亏责编非常敬业,为我补了好些漏洞。

一般来说,每每写完一部小说的头几天,我会沉浸在"自得其乐"的感觉里,可是过不了几天,就会陷入沮丧,觉得哪儿都不行,我老是惶恐地问我的责编隋丽君女士:"你到底觉得如何?"

无奈之中,我通常会把目光转向下一部小说,只有更加努力地把下一部小说写得不要有太多的遗憾。不知怎么回事,我痴迷于文学上的不断求进,也可以说我和自己、和文学较上了劲儿。

赵明宇:《知在》中,有很多创作元素很符合今天大众青年阅读的口味。比如悬疑情节的设置,比如金家二格格和三格格的爱恨情仇,比如行文中穿插的一些词语,如"重金属摇滚乐""藏獒"等。这些是一些通俗小说中的比较常见的创作元素,您把它们设置到《知在》中是怎样一种考虑呢?

张洁:我没有故意设置什么,就像我在回答你的第一个问题时说到的,是它们自己来到我的手指头底下,我就把它们敲进了电脑。我有几个忘年交,他们从不感到与我有什么代沟,尽管我比他们年长几十岁,甚至可以做他们的祖母。

而且我本人喜欢重金属摇滚乐,喜欢爵士乐、古典音乐等等,但绝对不会与流行音乐沾边。也曾试过接触流行音乐,可是我跟它毫无缘分。

赵明宇:您的创作有过很多次转型,您自己也表示,"希望自己打一枪换一窝"。这种勇于突破自我的勇气或者欲望来源于什么?人勇于挑战自我固然值得钦佩,但过程往往是艰难甚至痛苦的,您《知在》中感觉最艰难或最痛苦的是什么?又有什么是让您感觉愉悦的?

张洁:对一个认真的艺术家来说,终其一生追求的是感觉和表现的零距离,实际上这是不可能的,我们永远不可能达到感觉和表现的零距离。我们所有的努力,只能是近一点再近一点,但哪怕近一点点,哪怕是一毫米呢,也算是个进步。

我每天都在努力,如果我觉得今天修改得比昨天好,我的文字表现更接近我的感觉,那就是我的一个进步,一个"成长"。尽管我快七十岁了,可通过自己的努力,我觉得每天都在"成长",这样的"成长"带给我的快乐,是充实的快乐。

这样一说,你就知道无法跨越表现和感觉的距离,对我有多么痛苦,我觉得自己简直就是一个笨蛋,失望透顶,丧失自信,有时甚至想掉眼泪。《知在》的第六章让我吃尽了苦头,可是谁让小说非如此发展不可,有时小说以及小说中的人物向哪个方向发展,自己是控制不了的。

赵明宇: 在《知在》中读者的确见到了一个新鲜的张洁,一个不同以往的张洁。您自己如何评价这次的突破?

张洁: 这不能算是突破吧,只能说是我在不断地努力。当然,如果读者喜欢这个张洁,那我在这里诚恳地说一声谢谢。

但不论人们喜欢还是不喜欢,我都会向自己的目标努力,写出一篇又一篇不同的小说,比如即将在今年第四期《人民文学》杂志发表的那个短篇《四个烟筒》。不管他人喜欢或是不喜欢,我是喜欢的。作为一个爱和自己较劲的人,我能如此喜欢,那可能真是值得喜欢的。不过也很难说,说不定过几天我又陷入沮丧,觉得哪儿都不行了。没准儿。

赵明宇: 晋朝的皇后贾南风是被世人咒骂的女人,人们对她的评价是千般丑恶、万般无耻。您在《知在》中描写的她,虽然也有残酷暴戾的一面,但对待一痴却柔肠百结,对于爱情万般无奈。这样处理贾南风这个人物,原因何在,依据何在?

张洁: 我们不了解的东西太多了,包括人,包括我们自己。我们真的把自己、历史,斩钉截铁做了结论的人和事吃透了吗?

包括作家们以及我自己,我们能肯定地说,我们笔下的人间万象原本如此吗?

不,那只是一个角度、一位作家、一个个体、一种价值观念等等,对某一现象、事物的思索和理解,而不能代替"放之四海而皆准"的真理,也不应该成为唯一的答案。

赵明宇: 虽然《知在》情节玄而又玄,虽然一幅晋画牵扯出那么多人的不同命运,但在这些背后,爱情仍是主题。《无字》中的爱情令人悲观绝望;《知在》的爱情似乎带给读者的温暖也不多。姐妹俩争来抢去的男人乔戈竟是个政治、爱情都脚踩两只船的变色龙;安吉拉狂恋警察约翰逊不惜杀死约翰逊太太,最后一命抵一命;晋惠后贾南风不得不亲手下刀为自己的心上人去根;即便金文萱好不容易获得真爱,但夫妻却在十年后一起葬身火海。只是私生子托尼的命运还算可以,起码求得现世的安稳。为什么您笔下的爱情都是这样的结尾,为什么您把托尼的命运进行这样的设置,您个人的爱情观是怎样的?

张洁:爱情不是这部小说的主题。我说过,这部小说的主角是那幅画。既然如此,爱情怎么会是它的主题?只能是它的载体。

说到爱情,不过是站在远处看的一道风景。千万别以为我有什么阴谋,比如把这句话变为"放之四海而皆准"的真理。如上所说,这只是一个角度,是个案。

赵明宇:在《知在》中有很多宿命的东西,很多人的命运似乎是只是为了完成某个神秘的使命。您相信命运吗?您与命运抗争过吗?

张洁:我相信命运,相信冥冥之中那个神秘的力量。由于我是一根筋,当然不识时务地与命运抗争过,可我最终明白,一切自有安排,或是说早就安排好了,即便看上去像是自己抗争的结果。

赵明宇:听隋老师说,《知在》的封面是您自己设计的。目前该书的美编还没把书封面发邮件给我,我还没有看到。请您先讲讲这个封面的设计思路吧?

张洁:要说起来,还是你上面提到的这个问题。这是我通过玻璃拍摄的一个光源,又经过一番"制作"。我曾试着再拍一次,可就是拍不出来了。我觉得用它作《知在》的封面很合适,看上去它真像一幅没有固定主题的画。

赵明宇:听说上海方面已经在跟您联系,有意把《知在》改编成电影。目前这个事情进展如何,如果合作成功,您会做电影编剧吗? 现在有哪些具体进展可以透露?

张洁:的确有几个单位联系做影视的事,但还没有具体化,这也不是我热衷的事。一般来说,我对自己的小说改编影视的兴趣不大,没有强烈的愿望,爱行不行,爱拍不拍,更不会花时间去做编剧。我得赶紧写下面的小说,毕竟我快七十岁了,真担心写不完那些小说就去见上帝。我写小说上瘾,就像有人喝酒、吸烟、打麻将上瘾一样。

赵明宇:完成《无字》的创作后,您曾说《无字》是您最满意的作品;还说"不会再写《无字》那么大的作品,写不动了"。您是如何看待《知在》的分量呢? 有的艺术家在攀登了自己创作的顶峰后,在卸掉使命感后,会尝试一些与以往不同风格的作品,或者自己原来好奇的东西。您如何看待自己在《无字》之后的创作?

张洁:我会向多元化的小说努力。

赵明宇:李敬泽老师评价《知在》时说:"张洁并非找到了新的风格,她是真的认为她必须和只能飞翔。当这个时代文学思维的主流被沉重的肉身、被此时此地所支配时,张洁在激越地飞,俯视着,看人间万象明灭,如露如电如梦……"对这种评价您怎么看待?

张洁:说老实话,我并不太希望读者一下子就把我隐藏很深的意图一把揪出,在某种意义上,这说明我的无能,一眼就让人家看穿。也有点像是捉迷藏,一下子就让人家抓住,还有什么悬念? 当然也不能是个死谜,但总希望这个意图,过上几年再被人挖出。

奇怪的是,再也没有谁像李敬泽那样,能把我隐藏得很深的意图一把揪出,比如对《无字》,比如对《知在》。有时候,看着人们这样或那样解释我的小说,就像站在一旁,看着一个人蒙着眼睛摸瞎,有点好玩儿,可我没有一次能逃过李敬泽的法眼。

也再也没有谁像李敬泽那样,把我欲盖弥彰的那些不足,也一把揪出,让我好不羞惭,真是会脸红的啊。

对他的评论,我既有期待也有一点恐惧,有点像是接受一个外科手术,有切去肿瘤的疼痛,也有病灶除去后的安恬。

在我们私下的交谈中,谈及《知在》的缺陷,他很"不留情",但在评论文章中,给我留了很大面子。

赵明宇: 您是把创作当作生命存在方式的人。这样的人势必对自己的创作要求非常苛刻。您是怎样看待大家的评论的?对于赞扬是什么态度,对于批评又是什么态度?

张洁: 我不是一个谦虚的人,比如我绝对知道自己比某个作家写得好,不是好一点,而是好许多。但我又有自知之明,知道自己不如很多作家。所以我并不喜欢一味的"好话",如果一位评论家、一位读者能点着我的"死穴",我会觉得是收获,是赚了一把,因为我可以在下一部小说中改进,哪怕使我的创作有些许的提升也是好的。

事实上,《知在》就听取了几个朋友和责编的意见,进行了多处修改,他们的意见,使我避免了更多的失误,小说也因此丰富许多。我觉得我是个有福气的人,朋友们的阅读非常认真,提出了很多中肯的意见,如果人家马马虎虎看看,然后说个"不错",我又能如何?

赵明宇: 您是个创作欲望强烈的人。您曾经说过,在《无字》后,还要创作三部长篇小说,短篇若干。现在《知在》已经"交卷"了,新的长篇已在构思中了吧?可否透露一二?在您接受采访时,好像隐约提过,某个新长篇的灵感来自西班牙的一个火山岛,能具体说说吗?

张洁:已经在构思之中。

去年本是去西班牙的一个火山岛旅行,突然间又得到一个长篇的灵感,我不能不把它视为"神秘"送给我的礼物,因为去西班牙之前根本没有想到创作。

一件事,落到、或是说找到你的头上,肯定有它的前因后果,虽然我最终、今生可能都无法得知究竟。谁能知道往生呢,谁能知道来世呢,没人可以解释,也没法解释。

也许有些事早就储存在你的灵魂里,说不定什么时候,说不定在一个什么契机之下,它就会显现。